Bajo una estrella fugaz

Clara Ann Simons

Bajo una estrella fugaz
Clara Ann Simons

Copyright © 2023 por Clara Ann Simons.
Todos los Derechos Reservados.
Registrado el 05/12/2023 con el número **2312056305427**

Todos los derechos reservados. Ninguna sección de este material puede ser reproducida en ninguna forma ni por ningún medio sin la autorización expresa de su autora. Esto incluye, pero no se limita a reimpresiones, extractos, fotocopias, grabación, o cualquier otro medio de reproducción, incluidos medios electrónicos.

Todos los personajes, situaciones entre ellos y sucesos aparecidos en el libro son totalmente ficticios. Cualquier parecido con personas, vivas o muertas o sucesos es pura coincidencia.

La portada aparece a afectos ilustrativos, cualquier persona que aparezca es una modelo y no guarda ninguna relación en absoluto con el contenido del libro, con su autora, ni con ninguno de los protagonistas.

Los derechos de las ilustraciones que aparece en el libro pertenecen a Maysun Halah Bañón

Para más información, o si quieres saber sobre nuevas publicaciones, por favor contactar vía correo electrónico en claraannsimons@gmail.com

Twitter: @claraannsimons1
Instagram: claraannsimons
Tiktok: @claraannsimons

Me gustaría agradecer la ayuda de Maysun Halah Bañón y Carmen Colorado Ferreira por su infinita paciencia mientras escribía este libro. Sin ellas, el resultado no habría sido el mismo.

Índice

CAPÍTULO 1 — **6**

CAPÍTULO 2 — **18**

CAPÍTULO 3 — **29**

CAPÍTULO 4 — **39**

CAPÍTULO 5 — **55**

CAPÍTULO 6 — **63**

CAPÍTULO 7 — **74**

CAPÍTULO 8 — **80**

CAPÍTULO 9 — **90**

CAPÍTULO 10 — **97**

CAPÍTULO 11 — **104**

CAPÍTULO 12 — **113**

CAPÍTULO 13	**126**
CAPÍTULO 14	**134**
CAPÍTULO 15	**145**
CAPÍTULO 16	**151**
CAPÍTULO 17	**161**
EPÍLOGO	**170**
OTROS LIBROS DE LA AUTORA	**180**

Capítulo 1

Victoria

Es curioso.

Un lugar aparentemente sin nada, te hace sentir completa.

Parpadeo, me ajusto las gafas de sol, intentando reducir una claridad a la que no estoy acostumbrada, y observo a través de la ventanilla del Jeep.

En mi tierra, este paisaje yermo se consideraría desolado. En cambio, de algún modo puedo sentir su energía, la noto zumbar a mi alrededor, es casi como si me produjese un cosquilleo en la piel.

Mientras avanzamos, las interminables dunas se extienden ante mis ojos como las curvas de una mujer; hipnóticas, sensuales, invitándote a explorar.

Durante el vuelo, un extraño me comentó que el desierto seduce lentamente, revela sus secretos tan solo a quien esté dispuesto a abrir la mente. Es como si la luz del sol quemase todo lo superficial hasta dejar solo lo que de verdad importa.

Supongo que es todo lo contrario al mundo del que provengo.

En Hollywood ocurre justo al revés. Los flashes, el glamur, las alfombras rojas o los vestidos de gala son tan solo una careta, pero es lo que la gente quiere ver. Nadie desea conocer el sufrimiento que hay debajo; las vidas vacías, el miedo a cumplir años y no conseguir un nuevo papel de protagonista. Siempre hay una cara más joven y fresca, un cuerpo más escultural.

Y luego están las giras para promocionar las películas. Cada vez se me hacen más largas. La última fue interminable. Tres meses dando vueltas por todo el mundo, respondiendo a preguntas absurdas, fingiendo fascinación por una actuación de la que no me siento orgullosa, alabando una trama ridícula. Aguantando al imbécil de mi compañero de reparto, que no sabe distinguir entre la realidad y la ficción.

Tras veinte años en la profesión, el brillo ha desaparecido. Empiezas a comprender que casi todo es humo, reflejos de una realidad falsa. Una ilusión.

La productora ha instalado el campamento base en un valle desértico, cerca de una imponente cadena montañosa, y el pequeño conjunto de caravanas parece insignificante ante la magnitud del paisaje.

Nada más bajarme del Jeep, el director y los productores se apresuran a saludarme. Los primeros días del rodaje suelen estar repletos de optimismo. Sé por experiencia que los problemas vienen más tarde, cuando nada parece salir como estaba planeado.

Me aseguran que han preparado para mí una caravana con todo lujo de detalles, que no me faltará de nada. Supongo que para ellos es una oportunidad tener a una actriz de renombre. No saben que la gran Victoria Iverson no ha recibido un papel de protagonista en los últimos ocho meses.

Bostezo. La reunión con los productores se alarga. Asiento con la cabeza mientras intercalo algún comentario, aunque mi mente divaga, atraída por las vistas que se observan desde la tienda abierta. Kilómetros de arena azotados por el viento. Más allá, grandes rocas esculpidas hasta donde alcanza la vista.

De pronto, la reunión se detiene y dos personas se unen a nosotros. El primero es un hombre apuesto, de aspecto exótico. Tendrá poco más de veinte años. Su piel oscura. La barba perfectamente recortada. Su sonrisa muestra unos dientes tan blancos que podría competir con cualquier actor de Hollywood.

—Buenas tardes —saluda en un inglés ligeramente cortado—. Soy Omar, uno de sus guías locales. Es un honor trabajar con usted, señorita Iverson.

Su actitud amistosa esconde una energía inquieta. Sus enormes ojos oscuros revolotean por la tienda como si buscase algo. Me lo puedo imaginar encandilando a las turistas de mi país con su aspecto de chico malo.

Pero lo que más me llama la atención es la mujer que está a su lado. En realidad, sus ojos. Juro que tiene la mirada más hermosa y enigmática que he visto jamás. Cubre la cabeza con un velo negro y viste una túnica de manga larga que le llega casi hasta los tobillos. Calza unas sandalias de cuero sencillas y sus manos y pies están adornados con intricados diseños de henna.

Se yergue con elegancia, manteniéndose un paso por detrás del hombre, pero, por algún motivo, me la imagino con la fiereza de una leona.

—Es mi hermana, Istar —explica el hombre al darse cuenta de que no puedo apartar mis ojos de ella.

La mujer inclina la cabeza de manera cortés y, cuando su mirada se cruza con la mía, un escalofrío recorre todo mi cuerpo.

—Istar conoce el desierto como la palma de su mano —explica el director—. Pensamos que preferirías tener a una mujer como tu guía personal en los días que no hay rodaje.

Sonríe por primera vez y, joder, ¡qué sonrisa!

—Estaré encantada de compartir todo lo que pueda sobre mi tierra y nuestras costumbres —expone. Su tono de voz es bajo y melódico, jodidamente sensual.

—Mi hermana puede parecer seria, pero cuidará de usted cuando esté ahí afuera —interrumpe Omar, rompiendo la magia del momento.

Y a partir de ese instante, no se calla más. Habla y habla sin parar, gastando bromas o contando anécdotas que hacen las delicias del equipo de grabación y a mí me aburren. Porque es Istar quien me intriga. La observo hablar en voz baja con el director, señalando algunos lugares en un mapa que se extiende sobre la mesa.

Como si pudiese presentir mi mirada, levanta la vista y me clava sus hermosos ojos. Y juro que es como si pudiese atravesarme. Trato de disimular con una sonrisa y ella me la devuelve.

—Quizá a la señorita Iverson le interese visitar las formaciones rocosas que tenemos al norte —propone Omar—. Aún quedan cuatro horas para la cena.

En realidad, lo que quiero es meterme en mi caravana y dormir, pero quizá sea una falta de respeto hacia su cultura, así que sonrío y asiento lentamente con la cabeza. Pasar unas horas a solas con la misteriosa Istar también influye en mi decisión, aunque lo disimulo lo mejor que puedo.

Montadas de nuevo en el Jeep, el interminable mar de arena se traga con rapidez nuestro campamento. Aparcamos frente a una enorme formación rocosa y trato de seguir a la beduina, que camina con facilidad delante de mí con la gracia de un felino. Aquí, en la inmensidad del desierto, es fácil imaginar que somos las dos únicas personas que quedan sobre la tierra.

La enormidad del paisaje es casi opresiva. Las rocas, esculpidas por el sol y el viento, se elevan cientos de metros sobre nosotras. Istar se mueve por el terreno con la facilidad de alguien que se encuentra en su elemento natural, desviando de vez en cuando su mirada para asegurarse de que la torpe americana continúa detrás de ella.

El silencio es pesado, tan solo roto por el ulular constante del viento y el sonido de nuestros pies sobre las rocas. No estoy acostumbrada al silencio. Mi vida es una cacofonía de charlas y ruidos. Aquí fuera, la tranquilidad me envuelve como una manta. El enorme espacio estimula e intimida a partes iguales.

Tras una hora de subida, el desierto a nuestros pies parece infinito.

—Pararemos aquí a descansar —propone Istar, deteniéndose y dejando caer su mochila.

Dejo escapar un soplido y trago precipitadamente el agua de mi cantimplora. Ella permanece en silencio, tan adusta como las formaciones rocosas que nos rodean.

—No hablas mucho, ¿verdad? —bromeo, intentando romper el hielo.

—No.

—¿Has vivido aquí toda tu vida?

—Sí.

Pienso para mí que mejor me hubiese quedado echando una siesta en mi caravana, porque ni siquiera me ha mirado. Fija la vista en el horizonte, su mirada perdida.

—Así que se podría decir que llevas el desierto en la sangre —insisto—. Parece un lugar muy aislado. ¿Nunca has deseado una vida diferente?

Joder, creo que mi comentario no le ha hecho ninguna gracia. Me clava la mirada y juro que no me gustaría discutir con ella.

—El desierto no carece de maravillas, pero hay que saber buscarlas. Los turistas solo ven la superficie —indica en tono pausado.

—Siento haber hecho ese comentario sin conocimiento —me disculpo, mi voz apenas un susurro.

Istar hace un gesto para que me siente a su lado y extiende el mapa sobre una roca. Señala con el dedo sus parajes favoritos y sus ojos parecen brillar. Un oasis al sur, una cresta rocosa donde en primavera florece una extraña variedad de orquídeas, antiguas pinturas rupestres en las paredes de una cueva escondida que solo algunos beduinos conocen. Habla con orgullo de su tierra, con una pasión que te engancha.

—Antes me has preguntado si alguna vez he deseado una vida diferente —expone guardando con calma el mapa en su mochila—. En realidad, yo me preguntaba lo mismo de ti —agrega.

—¿De mí?

—Sí, tu mundo parece maravilloso, pero vacío al mismo tiempo. En tus ojos veo tristeza. Lo siento, espero no haberte ofendido —se apresura a añadir.

Niego con la cabeza, mi boca abierta ante su percepción.

—En parte tienes razón —admito—. Es una vida demasiado rápida. Sesiones de fotos, entrevistas, rodajes. Todo el mundo quiere un trozo de ti cuando las cosas te van bien y eres peor que la basura cuando te van mal —explico haciendo una pausa—. Antes me encantaba esa energía. A veces todavía me gusta, pero cada vez me suena más a vacío.

Me dedica una sonrisa preciosa. Auténtica. Una de esas que te dice a gritos que te comprende y yo me quedo embobada. Ni siquiera sé por qué le he confesado esto si nos acabamos de conocer. Quizá porque me ha escuchado sin juzgarme. Sin esperar nada a cambio.

—Buscas algo más real —murmura.

No es una pregunta, es una afirmación, como si pudiese leer mis pensamientos.

Asiento lentamente. Un incesante afán por conseguir reconocimiento ha marcado toda mi vida, pero últimamente, me he empezado a cuestionar su verdadero valor. Aquí fuera, en el mundo de Istar, despojada de toda ilusión o artificio, las cosas parecen más reales.

—Tu mundo me recuerda a veces a la ciudad perdida de Umm Albida —comenta de pronto.

—¿Umm Albida?

—Es una antigua leyenda de mi pueblo —explica sin dar más detalles.

—¿Y me vas a dejar así? ¿No me la vas a contar? Te advierto que como buena americana soy muy impaciente —bromeo.

Istar me mira y sonríe. Esa sonrisa de nuevo, auténtica, cálida. Sensual a más no poder.

—La leyenda cuenta que hace siglos, en algún lugar del desierto del Sinaí, existió una próspera ciudad que se llamaba Umm Albida. Era conocida por sus tierras fértiles, con abundantes manantiales y construcciones de piedra. Pronto, al ver su opulencia en relación con las tribus beduinas, sus habitantes se volvieron arrogantes, pero una noche, mientras dormían, hubo una gran tormenta de arena que sepultó la ciudad.

—Joder.

—En sus viajes por el desierto, en las noches de luna llena, a veces los beduinos escuchan el sonido de unas campanas que parecen repicar bajo la arena. Algunos dicen que han encontrado restos de cerámica o metales preciosos semienterrados, pero nadie ha logrado hallar los restos de la mítica ciudad de Umm Albida. Sigue oculta bajo las dunas del desierto —concluye inclinando la cabeza hacia un lado.

—¿Ocurrió de verdad?

Istar se encoge de hombros y me mira divertida.

—El pueblo Bedawi cuenta esa leyenda como una advertencia sobre la soberbia, aunque desde niña me gusta pensar que sí, que ocurrió de verdad y la ciudad perdida sigue viva entre las dunas del Sinaí.

Pronto, los últimos rayos de sol bañan las crestas montañosas, tiñéndolas de un resplandor naranja intenso, como si estuviesen ardiendo. Es una vista que te roba el aliento.

—Debemos volver —anuncia Istar, colocándose de nuevo la mochila en su hombro.

Mientras descendemos, el naranja da paso a un rojo sangre oscuro, tan profundo que parece hechizarte. Las montañas adquieren de pronto un aire amenazante, como si fuesen gigantes petrificados, listos para despertarse en cualquier instante.

Ya en el Jeep, Istar conduce en silencio mientras las sombras de la noche avanzan, dispuestas a consumirlo todo a su paso, tragándose la última luz del día. La noche pugna por imponer su manto de oscuridad y, sobre nosotras, se extiende el cielo estrellado más perfecto que he visto jamás.

—Mira, una estrella fugaz —exclama, señalando con el dedo al firmamento—. Pide un deseo.

Y es extraño, pero el primer deseo que me viene a la cabeza es llegar a conocer mejor a esta enigmática mujer.

Capítulo 2

Victoria

Cuando me despierto, abro ligeramente la ventana y lo primero que llama mi atención es el aire fresco. Un contraste infinito con la temperatura diurna. Hoy comenzamos el rodaje y, pese a mis años de experiencia, los nervios amenazan con consumirme.

Los primeros rayos del alba se vislumbran ya en el horizonte y, en algún lugar del exterior, un pájaro grazna con un extraño trino, como si fuese una carcajada que resuena en el valle.

En mis sueños, fragmentos de la conversación con Istar se mezclaban con las escenas del guion. Sigo preocupada. Sé que me costará mucho adaptarme al nuevo personaje y no quiero defraudar a un director que ha confiado ciegamente en mí.

Me miro al espejo y pequeñas arrugas se marcan en una piel que hace unos años era lisa e impecable. Istar dijo ayer que la belleza superficial no importa en el desierto, pero en mi mundo lo es todo.

El repentino estallido de unas carcajadas me sobresalta. Me asomo por la ventana y observo que el equipo empieza a ponerse en movimiento. Arthur, el director de vestuario, cuenta una ridícula historia, agita los brazos y su dramatismo me hace sonreír.

—¡Es verdad, os lo juro! —exclama llevándose una mano a la frente—. Ese camello me siguió durante casi un kilómetro, haciendo unos ruidos extraños y sacando la lengua. Creo que estaba enamorado de mí —añade ante las risas del grupo de ayudantes que le rodea.

Respiro hondo, poniendo los ojos en blanco y me doy una rápida ducha antes de dirigirme a la zona de maquillaje.

—Has actuado en grandes producciones, esto no supone ninguna dificultad —mascullo para mí misma en un intento de calmar los nervios.

Pero mis palabras de ánimo no consiguen sosegarme mientras me acomodo frente al espejo. Marco, el estilista italiano que la productora ha contratado, comienza su labor al tiempo que su equipo corre de un lado a otro, ayudando al resto del reparto en un torbellino de actividad.

Antes de que pueda darme cuenta, el ambiente se carga de laca y fuertes olores, pero mi mente da vueltas en bucle a la escena que debemos rodar esta mañana: el emotivo encuentro entre mi personaje y su amor beduino. El momento crucial que pone en marcha los acontecimientos que se desarrollarán en la película.

Mi amiga Gloria repetía hace dos días que he tenido mucha suerte con el actor principal. "Está buenísimo" me decía, aunque anoche, en mis sueños, no era a él a quien veía, sino la penetrante mirada de Istar.

—¡Chica, sonríe un poco! Te juro que no estropeará tu maquillaje —bromea Marco, juntando las manos frente a mí.

Logro esbozar una leve sonrisa que no llega a dibujarse en mis ojos. Lo cierto es que hace siglos que no me siento tan insegura con un papel. Es como si el pozo de emociones que siempre he sido capaz de explotar en mis actuaciones se hubiese secado de pronto.

—Ya tengo los ojos azules, ¿de verdad es necesario? —protesto cuando insiste en que me ponga unas lentillas de un azul imposiblemente brillante.

—Tu papel es el de una americana que se enamora de un guapetón del desierto —explica como si yo no lo supiera—. Quieren que acentuemos tus rasgos.

Alzo las manos en señal de rendición y dejo que me coloque las lentillas. Me parece una estupidez, pero no quiero parecer una diva en el primer día de rodaje. A continuación, Marco me hace un gesto de aprobación levantando ambos pulgares, seguido de una cariñosa palmadita en la espalda cuando me levanto.

—Si me gustasen las mujeres me casaría contigo. Brillas como una joya en el desierto —exclama, claramente satisfecho con su trabajo.

Cuando llego al plató, John, el director de la película, grita órdenes al operador de unos focos, aunque su expresión grave se transforma en una sonrisa al verme.

—Ahí estás. Esta producción será épica —me asegura.

Ayer comentó que llevaba años soñando con rodar esta película. Siempre quiso que yo fuese la protagonista femenina, aunque mi caché era demasiado alto. Ahora le parece un sueño tenerme aquí. Quizá le faltó decir que la Victoria Iverson que hoy rueda bajo sus órdenes, ya no tiene el físico que tenía con veinticinco años cuando le llovían los papeles y que su caché ha ido bajando a medida que cumplía años.

—Muy bien, gente. ¡Es la hora! —chilla, dando una sonora palmada y llamando la atención de los allí presentes.

Como por arte de magia, el plató se convierte en un torbellino de actividad, todo el mundo se apresura a colocarse en su posición. Mi pulso se acelera, siento el familiar cosquilleo de nervios y adrenalina que precede a la primera toma. Sé que debo superar esta escena, luego todas las piezas irán encajando.

Me preparo mentalmente e intento visualizar lo que la protagonista debería estar sintiendo: el sol abrasador, la arena quemándole los pies, el dolor desgarrador de echar tanto de menos a alguien que te roba el aliento.

—¡Acción! —grita el director.

Me giro, tal y como estaba previsto, y observo al supuesto amor de mi vida. Camina hacia mí, regresando de un viaje de varios meses a través del desierto. Corro en su dirección, me parece un poco exagerado, pero es lo que el director quiere. Le miro con pasión y nos fundimos en un beso que no resulta convincente.

—¡Corten! Otra toma.

Mierda. Intentamos una segunda toma, más tarde una tercera, pero cuanto más avanzamos, más me enredo. Tiene un fuerte aliento a café y tabaco. Joder, si vas a rodar una escena con un beso debes usar justo antes algo que refresque la boca.

Y no es solo el beso, por algún motivo equivoco una línea, en otra toma me trabo. Reviso otra más y parezco una mujer triste, todo lo contrario a lo que debería sentir al ver al amor de mi vida tras varios meses de ausencia.

A media mañana el calor alcanza niveles insoportables y mi confianza se viene abajo. Apenas avanzamos. Es, sin duda, el peor primer día que he tenido en un plató.

Sigo esperando ese momento en el que todo empieza a fluir, cuando te metes en la piel del personaje y lo sientes como tuyo. En su lugar, cada vez que John grita "acción" siento que me ahogo.

—Está bien, hagamos un descanso —propone.

Un tenso silencio se apodera de todo el equipo. Noto cómo me miran de reojo y puedo sentir su decepción como si fuese un centenar de pequeñas agujas pinchándome la piel.

Ya en la caravana, enciendo a tope el aire acondicionado y me dejo caer sobre la cama, presionando los ojos con la palma de las manos con desesperación.

—Mierda, me siento un puto fraude —mascullo.

Un tímido golpe en la puerta me devuelve a la realidad.

—Adelante —indico al tiempo que trato de serenarme, aunque en cuanto veo de quién se trata es como si una ráfaga de viento fresco se colase por una ventana entreabierta.

Por algún motivo, la presencia de Istar me calma de inmediato, como un faro de luz entre la bruma. Trae consigo dos botellas de agua fría y un plato de comida, dejándolos en la mesa junto a la cama antes de sentarse frente a mí.

Al principio no hablamos. Me observa curiosa, aunque imperturbable.

—Todo es oscuridad antes del amanecer —suelta de pronto y su voz es tan solo un susurro.

—¿Qué?

—Es un viejo proverbio de mi pueblo —explica—. Las cosas no han ido bien esta mañana, pero a partir de aquí solo pueden ir mejor.

Sonrío y le doy las gracias por sus palabras de ánimo.

—¿Qué es? Huele de maravilla —le aseguro, acercándome a la fuente de comida que ha colocado a mi lado.

—*Maqluba*. Es un plato típico de mi gente. Lleva algunas verduras como zanahoria y berenjena, arroz de grano largo y, en este caso, cordero. Una vez cocinado se le da la vuelta sobre un plato grande de ahí su nombre: significa "al revés" —expone con orgullo—. Sabe incluso mejor de lo que huele —agrega haciendo una seña para que la pruebe.

Insisto en que compartamos la abundante comida y me sorprendo a mí misma confesándole mis inseguridades. El miedo, las dudas. Istar escucha atentamente, sin juzgar, meditando cada una de mis palabras.

—¿Puedo hacer un comentario? —pregunta de pronto.

—Sí, claro.

—Se supone que tu personaje lleva varios años viviendo entre los Bedawi, en cambio, parece una turista que acaba de llegar de Los Ángeles. Como mínimo, debería adoptar alguna costumbre de mi pueblo. Y tus ojos… tus ojos son mucho más bonitos que esas lentillas que te han puesto —añade, bajando la voz al pronunciar esa última frase y poniéndome muy nerviosa.

—Al director le daría un infarto si hago cambios —le explico.

—No se trata de hacer grandes cambios, pero, seguramente, no estarías en el medio del desierto sin cubrir la cabeza o sin algo de *Khol* en los ojos. El sol del desierto del Sinaí es abrasador y si tu personaje ha vivido aquí varios años debería saberlo.

—¿*Khol*?

—Polvo de galena molido junto con aceites vegetales y hierbas aromáticas —indica, señalando el contorno de sus ojos—. Realza la belleza de la mirada y protege los ojos del sol, además de evitar la sequedad por el aire del desierto.

—¿Podrías ponerme un poco de ese *Khol* antes de la toma de la tarde? —pregunto, aun sabiendo que el estilista italiano me va a matar.

—Sí. También puedo dibujarte algún diseño con henna en las manos y dejarte un *tarha* para cubrir la cabeza.

Accedo y, mientras extiende el *Khol* por mis párpados con un algodón enrollado, para más tarde dibujar un intrincado diseño con henna, Istar me habla sobre su comunidad y tradiciones.

Y es extraño, pero, antes de que me quiera dar cuenta, mi mente se pierde en sus historias. Por algún motivo, me siento mucho más preparada para meterme en mi papel.

—Espera —grito antes de volver al plató—. Tu nombre, Istar, ¿tiene algún significado especial? Quise preguntártelo ayer.

Me dedica una sonrisa extraña. Yo diría que llena de picardía, antes de responder.

—Viene de la antigua Babilonia. Era la diosa del amor, la guerra y el sexo —exclama, mordiendo ligeramente su labio inferior.

—Te estás riendo de mí, ¿verdad? —pregunto con un hilo de voz.

—No —responde encogiéndose de hombros antes de abandonar la caravana.

En el plató, ocupamos de nuevo nuestros puestos. Esta vez, en cambio, mi mirada se dirige a las lejanas formaciones rocosas en las que estuvimos el día anterior, resplandecientes bajo el sol de la tarde.

Y cuando John grita "acción", las palabras brotan claras, mis ojos brillan, los movimientos son naturales y el beso parece auténtico. Aunque, quizá, en mi imaginación, los labios que estoy besando no sean los de mi protagonista masculino, sino los de una mujer que tiene el nombre de una antigua diosa.

El aplauso generalizado que viene a continuación me relaja. John pega saltos de un sitio a otro, felicitando a todos los allí presentes, asegurándonos, una vez más, que la grabación será épica.

Tras la cena, ya encerrada en la caravana, no puedo evitar deslizar mis dedos sobre la pantalla del móvil en busca del significado de Istar. Y ahí está: la diosa del amor y de la guerra. De la vida y la fertilidad. De la sexualidad. Joder, no podían haberle puesto un nombre más adecuado.

Agotada en la cama, me duermo arrullada por la visión de Istar junto a mí en un oasis, nuestros cuerpos desnudos mientras nos hundimos en el agua. Sus labios rozando los míos, unos deliciosos pezones oscuros endurecidos bajo mis dedos.

Mierda, el rodaje de esta película se me va a hacer demasiado largo.

Capítulo 3

Istar

El aire del desierto aún es frío cuando me levanto para recoger a Victoria y al equipo de grabación. Rodaremos de nuevo en exteriores, entre los peñascos rocosos situados a una hora desde el campamento.

Eso significa más responsabilidad para mi hermano y para mí: observar atentamente que nadie se haga daño. Y, en cambio, mis pensamientos se detienen en Victoria, en la extraña conexión que empieza a crecer entre nosotras.

Compruebo varias veces el equipo para asegurarme de que todo está bien. Al director no le gusta rodar en las formaciones rocosas. No dice nada, pero sé que le dan miedo. En cambio, esos adustos paisajes son mi hogar desde que era una niña, los conozco como si fuesen viejos amigos.

—Cuéntame algo sobre tu infancia —me dice mientras esperamos sentadas a la sombra a que preparen el rodaje.

—No hay mucho que contar. Cuando era una niña pasé mucho tiempo cuidando de las cabras y los dromedarios de mi familia o montando a Jadir.

—¿Jadir?

—Un dromedario de color casi blanco que mi padre me regaló cuando cumplí los diez años —explico.

Victoria escucha con los ojos muy abiertos mientras relato mi emoción el día que recibí aquel desgarbado animal. Cómo le alimenté con la mano hasta que confió en mí. Describo cuando lo monté por primera vez, cómo solía venir hasta estas mismas formaciones rocosas con él, imaginando que atravesaba el desierto con una gran caravana como hacían mis tíos.

—¿Aún lo tienes? —interrumpe de pronto.

—Sí, claro. Los dromedarios suelen vivir de cuarenta a cincuenta años, incluso más, y Jadir era poco más que un bebé cuando me lo regalaron. No soy tan vieja —bromeo—. De hecho, va a salir en vuestra película, en las escenas de la caravana que atraviesa el desierto.

—Un día me lo tienes que enseñar —propone con una preciosa sonrisa.

—¿Enseñar? Los dromedarios están justo detrás de esa roca, en un pequeño oasis a la derecha —expongo sorprendida de que no lo sepa.

Antes de que me quiera dar cuenta, Victoria insiste en que la lleve a ver a los animales, aprovechando que el equipo técnico tardará todavía más de media hora en preparar la grabación.

Al llegar, mira a las criaturas con recelo, mientras yo les voy saludando uno a uno con cariño, acariciando sus grupas polvorientas.

—Creo que no les caigo bien —se queja cuando uno de los dromedarios estira el cuello hacia ella.

—No seas tonta. Mira, este es Jadir. No dejes que su tamaño te impresione, por eso le pusieron ese nombre, pero es muy mimoso. Acércate, tienen que conocerte, te enseñaré algunas órdenes sencillas —propongo, acariciando el cuello de Jadir que mira curioso a Victoria a través de sus enormes pestañas.

—¿Puedo tocarlo? No me va a morder, ¿no? —pregunta con miedo, acercándose con pequeños pasos.

—Ven, súbete conmigo. Ahora vamos a probar a darle algunas órdenes —anuncio una vez que se coloca delante de mí sobre el dromedario—. Repite, ¡*Imshee*!

—Eenshee —masculla Victoria, pero Jadir aplasta las orejas en señal de desaprobación.

—Casi. Se dice *Imshee* —le corrijo, tratando de no reírme—. Significa camina o adelante.

Tras algunos intentos más, consigue pronunciarlo de una manera pasable y Jadir avanza de forma obediente.

—¿Ves? Lo has conseguido. Vamos con algunas más. *Bes bes se* dice para que se detenga y también para llamar a las hembras para ordeñarlas. *Yameen* a la derecha y *Shimal* a la izquierda. *Seket* es quieto, mientras que con *Boruk* se arrodilla para que sea más fácil bajar —le explico.

Victoria repite las órdenes. Su pronunciación es pésima y las dos nos reímos un buen rato, pero hasta el quisquilloso Jadir consiente y se arrodilla cuando se lo indica.

—¡Esto ha sido increíble! —exclama Victoria, que parece estar disfrutando como una niña pequeña—. ¿Podrías llevarme un día a dar un paseo por el desierto en tu dromedario?

Asiento con la cabeza y creo que hasta me sonrojo con orgullo al escuchar su petición. Sin embargo, demasiado pronto, llega la hora de rodar la escena y algo similar a un ataque de celos se apodera de mí cada vez que debe besar al protagonista masculino. Creo que cuando rueden las dos escenas de cama, prefiero no estar presente.

Victoria se ha metido por completo en su papel, ganándose la admiración de todo el equipo de grabación y de sus compañeros. Muchas de las escenas salen perfectas en menos tiempo del planeado, lo que nos da la oportunidad de pasar momentos juntas.

Por desgracia, la actuación perfecta que está interpretando se ve pronto interrumpida por tres Jeeps que se acercan a nosotros, levantando una gran polvareda.

—Lo que nos faltaba —protesta el director al darse cuenta de lo que ocurre.

Victoria pierde el color al ver a los paparazzi. Se queda paralizada mientras la bombardean con preguntas absurdas y disparan sus flashes. Observo la tensión en su rostro y es más de lo que puedo soportar. Por algún motivo, me invade una rabia salvaje, visceral. En dos rápidas zancadas llego a su lado y la cojo por el codo. Sin mediar palabra, la arrastro conmigo, deslizándonos por la ladera rocosa hasta perderles de vista.

—¿Estás bien? —pregunto una vez que nos hemos escondido en una de las hendiduras de la montaña.

Victoria niega con la cabeza, sus gestos denotan preocupación y se me parte el corazón al verla así. Dentro de la cueva, recupera poco a poco el aliento y el único sonido es el de nuestra respiración. De pronto, se inclina hacia mí, apoyando la cabeza en mi pecho.

Me quedo petrificada, sin saber cómo reaccionar. Con miedo, la rodeo con uno de los brazos y acaricio su espalda en un intento por tranquilizarla.

—Cuando era una niña, mi padre contaba muchas historias sobre las cuevas de estas montañas —le explico inclinando mi cuerpo contra la pared de roca.

—¿Puedes contarme alguna? —pregunta abrazándose a mí, poniéndome nerviosa al verla tan vulnerable.

—Son leyendas de astutos *Djinns* que habitan entre las rocas, de tumbas malditas que esconden riquezas incalculables, de parejas de enamorados separados por tribus enfrentadas. De niña, la que más me gustaba era la de Malik, pero solo porque mi padre la modificó para incluir en ella a mi dromedario —recuerdo con nostalgia.

—Cuéntamela. No quiero salir ahí fuera —susurra, tumbándose en el suelo y abrazando mi pierna como si fuese una almohada.

—Mi padre decía que en esta misma montaña, entre sus cavernas laberínticas y riscos escarpados, vivía Malik, el último de los grandes *Djinns* del desierto.

—¿Un *Djinn* es un demonio? —interrumpe Victoria.

—No. Es un ser hecho de fuego sin humo, habita en un plano diferente al de los humanos. Pero hay *Djinns* buenos, neutros y también malvados. Malik vivía solo en estas cuevas desde tiempos remotos, cuando los *Djinns* aún deambulaban libres y los Bedawi evitaban adentrarse en sus dominios. Se dice que sus ojos centelleaban en la oscuridad como brasas encendidas y su voz retumbaba como un trueno.

—¿Era bueno o malo?

—No me interrumpas si quieres que te cuente la historia —protesto—. Malik custodiaba los secretos de estas montañas, pero a veces, también otorgaba dones a los viajeros extraviados. Eso sí, solo si les consideraba nobles de corazón. Ahí es donde mi padre modificó la leyenda. Me contaba que Jadir, mi dromedario, se perdió de pequeño al separarse de su madre y vagó sin rumbo por el desierto. Asustado dio tumbos hasta que encontró la cueva de Malik. Agotado, el dromedario pidió ayuda al *Djinn* que le concedió ser más veloz que el viento del norte. Así, pudo regresar junto a su madre.

—Qué bonito —susurra Victoria, incorporándose hasta quedarse a mi altura.

—Quizá por eso, Jadir y yo solemos ganar las carreras de dromedarios de esta zona —le explico, encogiéndome de hombros.

—Gracias por ayudarme con los paparazzi.

—Creí que una actriz famosa como tú estaría acostumbrada.

—Nunca me he sentido cómoda con ellos, pero cada año que pasa es aún peor —confiesa—. Últimamente, todo lo que hacen es cuestionar mi capacidad para actuar y quejarse de que llevo mal los años.

Tras pronunciar esa frase, saca su teléfono móvil y me enseña una página en la que se habla de noticias de Hollywood. Aprieto los dientes con rabia al leer la avalancha de comentarios crueles sobre Victoria. Un idiota expone que debería dejar de aceptar papeles en películas románticas para dedicarse a roles de mujer más madura. Otro argumenta que no sabe actuar y que solo conseguía papeles de protagonista porque era guapa. Un tercero se queja de que está echando culo.

—A esto nos enfrentamos cada día las mujeres en mi trabajo —susurra, secándose una lágrima que rueda por su mejilla.

—Son unos imbéciles. En cada una de tus sonrisas hay más belleza de la que ellos podrían comprender.

Victoria levanta la mirada para encontrarse con la mía y algo en sus ojos parece cambiar. Es como si el tiempo se hubiese ralentizado a nuestro alrededor. Nerviosa, sonrío y coloco un mechón de pelo detrás de su oreja, pero mis dedos se deslizan por su mejilla como si tuviesen vida propia, maravillada por la suavidad de su piel.

—Istar —suspira y el sonido de mi propio nombre en sus labios me hace temblar.

Se inclina hacia mí despacio, como si quisiera darme tiempo a que pueda retirarme, pero no pretendo moverme. Coloco una mano en su cintura y sus labios rozan los míos. Es un beso suave, tan solo una caricia, pero cuando la punta de su lengua roza la mía, se convierte en algo pasional. Mis dedos se enredan en su pelo, mientras ella rodea mi cuello para acercarme más.

Me pierdo en su tacto, en el sabor de sus labios, abrumada por una intensidad que hacía tiempo que no sentía. Cuando nos separamos, Victoria apoya su frente sobre la mía, su mirada llena de ternura y asombro mientras recupera el aliento.

—Quizá sea mejor que volvamos al campamento. Estarán preocupados —propongo nerviosa.

Victoria no dice nada, simplemente asiente lentamente con la cabeza y juraría que hay una ligera decepción en sus ojos.

Conduzco en silencio, perdida en mis propios pensamientos, al tiempo que ella parece absorta en algún punto del horizonte. Cuando termine la película se marchará de aquí. Volverá a su mundo de luces y lujo y yo me convertiré tan solo en un vago recuerdo.

No quiero eso. Mi atracción por ella crece día a día, pero me niego a ser un juego, tan solo un pasatiempo durante las semanas que le quedan de rodaje. No deseo ser una diversión, una novedad de la que pronto se olvidará.

Y un tímido "buenas noches" se queda flotando en el aire mientras se aleja de mí.

Capítulo 4

Victoria

Aquel sorpresivo beso en la cueva persigue ahora mis días. Su recuerdo se aferra a mí como el calor del desierto. Llevo dos días evitando estar a solas con Istar, como si fuese una niña asustada. Esquivándola. Inventando excusas tontas y poco convincentes.

Sé perfectamente lo que yo sentí. Ese beso aceleró mi corazón y me hizo soñar con Istar toda la noche, pero ¿y ella?

No quiero que me vea como una mujer superficial, dispuesta a buscar una aventura exótica para estar entretenida durante el rodaje. Estoy segura de que ha escuchado suficientes historias sobre Hollywood como para creer que todos somos así.

Pero, sobre todo, lo último que deseo en este mundo es comprometer su seguridad. No puedo poner en peligro su posición en una comunidad tradicional como la suya. Ni siquiera sé su postura y ese desconocimiento me llena de temor. ¿Podría ese beso ponerla en peligro?

Demasiadas dudas, demasiado miedo. Nunca he sido buena con las relaciones. Seguramente, debería hablarlo con ella, pero quizá la brecha entre nuestros mundos es demasiado grande y si seguimos adelante, tan solo acabaremos heridas.

—¿He hecho algo que te haya molestado? —suelta de pronto, entrando en mi caravana sin ni siquiera llamar.

—Estoy a punto de cambiarme de ropa —miento.

—¿Puedes responder?

Su tono de voz es autoritario, nada que ver con la cordialidad de estos días. Desconcertada, busco palabras a tientas para disimular.

—No, todo va bien, Istar. He estado ocupada, ensayando mis líneas para las escenas, eso es todo —me disculpo, fingiendo una sonrisa que no llega a reflejarse en mis ojos.

—Para ser una actriz famosa mientes muy mal.

—No estoy mintiendo.

—Por favor, no me insultes con frases falsas. Si te he ofendido en algo, quiero saberlo, porque te estás comportando como una niña asustada —insiste con mirada fiera.

—En estos momentos soy una niña asustada —admito, golpeando el colchón para que se siente a mi lado en la cama.

Mi mente es un torbellino de ideas, buscando, sin encontrarla, alguna explicación racional que justifique mi comportamiento.

—Supongo que no eres tú, soy yo —comienzo sin fuerzas ante la atenta mirada de Istar—. Desde que nos besamos en aquella cueva no he parado de… de preocuparme.

—¿De preocuparte?

—Desconozco por completo tus costumbres. No quiero ponerte en peligro. Tampoco quiero que pienses que solo pretendo pasar un rato agradable contigo sin sentir nada por ti. Joder, ni siquiera sé si ahora piensas que por haberte besado soy algún tipo de persona malvada. Istar… yo…

—Si eres una persona malvada, ya somos dos —susurra, inclinándose hacia mí para besarme de nuevo.

—Joder, Istar —suspiro sin saber qué decir.

—Yo no te voy a juzgar. Si no hubiese querido que me besases, no lo habrías hecho —expone, mostrando una daga oculta bajo el cinturón ancho y rojo que sujeta su túnica.

—Recuérdame que no te haga enfadar —bromeo, abriendo los ojos como platos.

—He estado reflexionando en esto, lo que sea que haya entre nosotras —expone—. Sé que cuando termines la película te irás de aquí. Quizá me olvides. Yo no podré olvidarte y prefiero no hacerlo. Donde el viento nos lleve durante estas semanas, prefiero estar a tu lado. Luego, ya veremos.

—¿No te pongo en peligro?

—No. Mi clan sabe cómo soy y lo acepta.

—Eres más valiente que yo —confieso.

—¿Por qué lo dices?

—¿Te molestaría mantenerlo en secreto? —pregunto con miedo—. Al menos, al principio, hasta que veamos cómo se van desarrollando las cosas y…

—Supongo que para ti tampoco es fácil.

—No. Y si la noticia sale a la luz se llenará esto de paparazzi. Ya has visto cómo son. No sería bueno ni para el rodaje ni para tu comunidad —le explico.

—Ni para nosotras —suspira Istar.

—Ni para nosotras.

Cuando asiente lentamente con la cabeza y me dice que está de acuerdo, es como si me hubiesen quitado una gran losa del pecho.

—Me siento como cuando me escondía de mi padre para besar a una de mis vecinas —bromea Istar, entornando los ojos.

—Debes pensar que soy tonta.

—Te recuerdo que no juzgo. Este precioso tiempo que tenemos para estar juntas es un regalo y debemos disfrutarlo —afirma con una sonrisa por la que se podría morir.

—¿Llamaríamos mucho la atención si te quedas a dormir alguna noche en mi caravana?

—Victoria, puedo entrar y salir de tu caravana en la oscuridad de la noche sin que nadie se entere. Ni siquiera tú misma —advierte alzando las cejas.

—Teniendo en cuenta que llevas una daga en el cinturón, prefiero no saberlo.

—Dos. Llevo otra escondida en la manga —admite, mostrando un bolsillo cosido en el interior de la manga de la *galabiya*—. Una chica nunca tiene suficientes dagas —bromea.

Se me escapa una pequeña carcajada ante su comentario, aunque me deja claro que Istar es una mujer dispuesta a enfrentarse a cualquier peligro si hiciese falta.

—Algún día podríamos utilizar la bañera juntas —propongo.

—¿Sabes cuántos kilómetros debemos hacer para llenar el depósito de agua de esta caravana? —pregunta muy seria.

—¿Me estás pidiendo que no me duche?

—Te estoy pidiendo que no malgastes el agua. Estamos en el desierto del Sinaí y es un bien muy preciado —me recuerda.

—Supongo que doy algunas cosas por sentadas, como que el agua aparecerá mágicamente con tan solo abrir un grifo.

—Tenemos mucho que aprender la una de la otra —indica con su preciosa sonrisa—. En cualquier caso, mañana tienes el día libre, ¿verdad? Te puedo llevar a un oasis remoto con uno de los Jeeps. Allí tienes toda el agua que quieras.

—¿Tú y yo solas?

—Podemos montar una tienda de campaña y volver por la mañana del día siguiente, a tiempo para el rodaje —expone, asintiendo con la cabeza y consiguiendo que mi corazón se salte varios latidos.

***

—¿Lista para nuestra cita secreta? —susurro a la mañana siguiente en cuanto la veo aparecer con el Jeep.

—Parezco la protagonista de una de tus películas —bromea colocando mis cosas en el maletero.

En el asiento del copiloto, me siento tan nerviosa como una colegiala haciendo novillos por primera vez. Istar conduce con maestría, ni siquiera sé cómo es capaz de orientarse, porque a mí me parece todo igual, pero, a media mañana, diviso unas palmeras a lo lejos y mi corazón se acelera.

—Quería mostrarte la belleza de este lugar lejos de miradas indiscretas —señala Istar en cuanto detiene el vehículo.

Y la visión parece sacada de Las mil y una noches. Aguas cristalinas que brillan al sol, enmarcadas por verdes palmeras y algunas rocas.

—Es como un pequeño paraíso escondido —admito asombrada.

—Te dije que el viaje merecería la pena.

—Aunque estuviésemos en medio de las dunas, simplemente estar contigo merecería la pena —confieso como una tonta, haciéndola sonreír.

Dejamos nuestras cosas a la sombra y a continuación comienza a desnudarse lentamente. Se quita el velo que le cubre la cabeza, dejando al descubierto una hermosa melena negra y, cuando se desprende de la túnica y de los pantalones para quedarse completamente desnuda, mi corazón late tan rápido que amenaza con salirse del pecho.

—¿Vienes? —pregunta extendiendo una mano mientras se mete en el agua.

Con torpeza, me desprendo de la ropa, deseando entrar con ella cuanto antes, pero en cuanto meto el pie derecho me detengo.

—No hay bichos, ¿no?

—En el agua no, pero de la arena pueden salir escorpiones y serpientes —explica con naturalidad.

—Joder —exclamo, metiéndome en el agua a toda prisa.

Al entrar, en vista de que solo me meto hasta la cintura, Istar comienza a salpicarme y pronto yo hago lo mismo con ella. Está ahora mucho más relajada, disfrutando de verdad. Desnuda en un oasis recóndito, sin necesidad de mantener las apariencias.

En el fondo, puede que nuestros mundos sean muy diferentes, pero en algunas cosas se parecen demasiado.

—Eres preciosa —susurra acercándose a mí y se me pone roja hasta la punta de las orejas al observar la pasión en sus ojos.

Tan solo sonrío, ensimismada, la mirada fija en unos pechos tan perfectos que no parecen reales.

Levanta con suavidad mi barbilla y me besa. Desliza la punta de los dedos por mis pezones y, antes de que me quiera dar cuenta, mis manos se enraízan en su pelo, perdida en la emoción de un beso maravilloso.

Me ahogo en sensaciones desconocidas. Istar coloca las manos en mis nalgas para atraerme hacia su cuerpo. Nuestros pechos se rozan mientras ella dobla una pierna para que me frote con su muslo.

Es como si todo hubiese desaparecido. El mundo que nos rodea se desvanece y solo quedamos nosotras dos, desnudas en este paraíso oculto de una belleza sublime.

—¿Te parece bien? —pregunta, extendiendo una toalla en la orilla para tumbarme sobre ella.

—Más que bien —admito con un suspiro.

Istar apaga una sonrisa contra mis labios mientras me acaricia los pechos, endureciendo mis pezones entre sus dedos. Me dejo llevar entre jadeos, echando la cabeza hacia atrás, cerrando los ojos, perdida en las sensaciones que esta mujer me está regalando, con el deseo agolpándose en mi sexo.

Deslizo una mano entre nuestros cuerpos, rozando su pezón con el dedo pulgar y ella suspira. El agua chapotea junto a nosotras, las hojas de las palmeras se mecen al viento, pero tan solo soy consciente de las manos de Istar recorriendo mi cuerpo, convirtiendo en fuego líquido cada terminación nerviosa.

Cuelo una mano entre sus piernas y noto su excitación. Froto los dedos en pequeños círculos mientras ella busca hacer lo mismo conmigo, provocando escalofríos de placer que recorren todo mi cuerpo.

—¡Dentro! —susurra contra mis labios.

Deslizo dos de mis dedos en su sexo y nos movemos juntas sin prisa, entre maravillosos gemidos apagados que se entremezclan con los míos.

Sus dedos se curvan dentro de mí, encontrando de inmediato el punto que me vuelve loca. Cabalgo sobre ellos, arqueando las caderas en una sinfonía de jadeos mientras siento que se va formando un orgasmo en mi interior.

Frota mi clítoris con la palma de la mano cada vez que me penetra, provocando que una oleada de placer se acumule en mi vientre hasta liberarse con un suave grito.

—¡No pares! —chilla al ver que me he quedado quieta, perdida en un orgasmo maravilloso.

Pegada a su cuerpo, lamo su cuello mientras mis dedos mantienen el ritmo, escuchando sus gemidos junto a mi oído hasta que sus piernas comienzan a temblar. Tira de mi pelo con fuerza, tensando el abdomen, curvando los dedos de los pies, abandonándose sobre mí hasta quedar relajada.

—¿Lo has tenido?

—Sí, ¡dame tus dedos! —ordena antes de meterlos en la boca para chuparlos.

Nos quedamos un buen tiempo sin movernos, su cuerpo desnudo sobre el mío, perdida en el sabor de sus labios, en el aroma de su piel. Araña con suavidad mi costado mientras me besa y, cada vez que pronuncia mi nombre, me hace temblar.

—No me dirás que no ha merecido la pena —bromea, apartando un mechón de pelo de mi frente.

—Ha sido una maravilla —confieso.

Istar sonríe y se incorpora, extendiendo la mano para que me levante y me ponga a la sombra, resguardada del sol abrasador.

—Ya has empezado a ponerte roja —indica—. Aunque en parte puede que sea el orgasmo.

En un abrir y cerrar de ojos, monta una pequeña tienda de campaña y, tumbadas dentro de ella, con la cabeza apoyada en su pecho, cierro los ojos, dejando que el ritmo constante de su corazón me tranquilice.

Al anochecer, Istar enciende un pequeño fuego para calentar la comida y charlamos sin prisas bajo un firmamento imposiblemente perfecto.

—El cielo nocturno aquí es increíble —reconozco, trazando imaginarios dibujos en su muslo con la yema de mis dedos.

Las llamas se reflejan en sus ojos y dotan a su piel de un precioso color cobrizo.

Después de cenar, con nuestros dedos entrelazados, me relata antiguas leyendas transmitidas por su gente de generación en generación. Son historias de feroces guerreros, sabios ancianos, hermosas mujeres que habitaron en un pasado remoto.

Cierro los ojos y sus dedos me peinan los cabellos mientras habla.

—¿Sabes? Nuestra historia es casi como la de Layla y Karim —masculla de manera distraída.

—¿Y eso?

—Supongo que es como una versión más antigua de vuestro Romeo y Julieta —explica.

—¿No me la puedes contar?

—¿No te he contado ya suficientes historias por hoy? —protesta.

—La última, te lo prometo —insisto.

—Está bien, hace mucho tiempo, cuando las inmensas dunas del desierto del Sinaí aún eran nuevas, vivía una joven llamada Layla, que significa "belleza de la noche". Era la mujer más hermosa de su tribu y su piel relucía como el cobre. Su padre era el poderoso Abbas y deseaba casarla con un feroz guerrero llamado Jalal.

—Hay un pero ¿verdad?

—Los americanos sois muy impacientes —protesta—. El corazón de Layla pertenecía a un chico de la tribu rival llamado Karim. Se encontraban en un oasis escondido, como nosotras aquí. Por supuesto, su amor estaba prohibido, así que cuando se anunció su matrimonio con Jalal, Layla se fugó con Karim a su oasis secreto, aun a riesgo de desencadenar una guerra entre ambas tribus.

—Por favor, dime que acaba bien —suplico.

—Depende de cómo lo mires —bromea—. Hubo una gran tormenta de arena y el oasis fue engullido por las dunas, como si nunca hubiese existido. Aun así, cuando las estrellas brillan y el desierto está en calma, se puede escuchar a Layla susurrando a Karim tiernas palabras de amor.

—Todo lo arregláis con una gran tormenta de arena —protesto, acostumbrada a las historias con final feliz que solemos contar en mi país.

—No lo digas muy alto. No quiero que dentro de mil años se cuente una historia parecida sobre nosotras dos en este oasis —bromea Istar besando mi frente.

—Eres tonta —susurro divertida, con un pequeño golpecito en la punta de su nariz.

Y mientras la noche avanza, el cansancio se apodera de nosotras. Las brasas se han convertido ya en tenues rescoldos que emiten un resplandor carmesí. Istar yace con la cabeza apoyada en mi pierna, su respiración profunda y acompasada mientras aparto un mechón de pelo de sus ojos entrecerrados.

—Vamos a la cama —propongo.

—Antes debo avivar el fuego. Hace mucho frío ya, es mejor que lo mantengamos encendido casi toda la noche.. Además, mantendrá alejados a los "bichos" como tú dices.

—Escorpiones y serpientes. Me muero si veo alguno —admito con un suspiro.

—Y chacales.

—Joder, Istar. Eso podías habértelo callado —mascullo metiéndome rápidamente en la tienda.

Se recuesta a mi lado, cubriendo nuestros cuerpos con una manta que nos protege de la fría noche del desierto. En el exterior, el viento susurra entre las palmeras, como si pretendiese arrullarnos.

Y esa noche sueño que me protege una feroz guerrera de hermosos ojos negros. Una mujer que porta dos dagas y tiene nombre y cuerpo de diosa.

Capítulo 5

Victoria

Cuando comenzamos a grabar la primera escena, el sol irrumpe sobre la cresta de las dunas como un actor del reparto más. Estos últimos días no solo interpreto un papel. Lo vivo. Es como si la austera belleza del desierto, su calor despiadado, las frías noches, se hubiesen filtrado en mi espíritu, tiñéndolo de matices desconocidos para mí.

Nuestra primera escena es intensa. Debo representar a una mujer a punto de romperse por dentro. El amor de su vida parte hacia un peligroso viaje. En el mejor de los casos, estará fuera varios meses y ella solo encuentra consuelo en los preciosos amaneceres del desierto.

Imaginando la próxima despedida de Istar, vierto mi alma en cada línea, dejo jirones de piel en cada gesto, desgarro mi corazón. Cuando John grita "corten" me quedo de pie, petrificada. Sin aliento. Para una actriz, la emoción de clavar una actuación es embriagadora y sé que esta ha sido dolorosamente perfecta.

—¡Joder! —grita el director—. ¡Qué pasada! Te juro que si no te dan un Óscar son una pandilla de gilipollas —añade exultante.

La escena, al borde de un cañón azotado por el viento, es casi mágica, pero la verdadera magia ocurre fuera del plató. Istar me observa con atención y puedo ver el orgullo brillando en sus ojos. Y eso, justo eso, es mejor que cualquier reconocimiento que me puedan dar por mi actuación.

Como viene siendo habitual, terminamos las tomas antes de tiempo e Istar me hace una propuesta inesperada.

—¿Te gustaría conocer mi casa? —pregunta, acercándose a mí con pequeños pasos.

Me quedo sin palabras. Temblando de la cabeza a los pies y solo soy capaz de asentir con una sonrisa tonta en los labios.

—¿Montas a caballo de verdad o es solo en las películas?

—Monto a caballo mejor que tú, boba —me defiendo.

Veinte minutos más tarde. El sol me abrasa la piel a través de la camisa de lino mientras cabalgamos por el desierto. Hago una mueca de dolor y me muevo sobre la silla, tratando de encontrar una postura que no me deje los muslos en carne viva al final del viaje.

—Creí haber escuchado que montabas a caballo mejor que yo —bromea Istar, colocándose a mi lado.

—Estos caballos son diferentes. Son puro nervio —protesto.

—Los caballos árabes son los hijos del viento. Un buen caballo es el mayor orgullo para un Bedawi —explica ralentizando el paso.

Las dunas que se extienden ante nosotras parecen infinitas y un solitario halcón hace círculos en el cielo, su chillido perforando el silencio.

—¿Cómo has dicho que se llama este lugar?

—No te lo he dicho. Tendrás que aprender un poco de árabe si quieres conocer los secretos del desierto —bromea.

—Tú has tenido toda tu vida para aprenderlo, yo llevo aquí semanas —protesto, aprovechando que vamos al paso, para recuperar el aliento.

Justo entonces, Istar acerca su caballo hasta que nuestras piernas se rozan y me clava sus preciosos ojos negros.

—*Ana bahebak*—susurra, acariciando mi antebrazo antes de salir al galope.

—¿Qué significa? —chillo mientras intento seguir su ritmo.

—Te quiero —grita de vuelta.

—Joder.

—¿Ha sido demasiado?

—¿Puedes parar un momento?

—¿Ha sido demasiado? —repite, deteniendo su caballo junto al mío.

—No, dilo más despacio para que pueda repetirlo —propongo con el corazón en un puño.

Y cuando las repite, esas sencillas palabras me parecen tan mágicas que me hacen temblar.

—Para que conste, yo también *ana bahebak* a ti —repito, inclinándome hacia ella para besar sus labios.

Sé que mi pronunciación estropea la hermosa frase, pero Istar sonríe orgullosa, como si acabase de recitar una bonita poesía en un árabe impecable.

Poco antes de la hora de comer llegamos al pueblo y agradezco poder bajarme del caballo, mis piernas están entumecidas después de tanto tiempo sobre la silla. Istar parece que no ha hecho ningún esfuerzo, aunque pensándolo bien, seguramente montó por primera vez a caballo antes de saber caminar.

Un grupo de niños se acercan a nosotras y nos miran con los ojos muy abiertos, como si quisiesen ver de cerca a la extraña de cabellos dorados que acaba de llegar.

—Te presento a Amina, mi abuela —indica Istar cuando una anciana sale a recibirnos.

No soy capaz de entender ni una sola de sus palabras. No compartimos ningún idioma más allá de la sonrisa, pero su alegría es contagiosa.

El ambiente es fresco dentro de la casa de adobe y piedra y agradezco poder sentarme sobre un cojín en el suelo y así poder estirar las piernas.

Amina nos sirve a continuación unas tazas de té que Istar me indica que ayuda con la hidratación, y comienza una animada narración salpicada de expresivos gestos. Por supuesto, no entiendo nada, pero hay algo mágico en poder observar este momento familiar entre Istar y su abuela.

Al notar mi mirada perdida, deja de hablar para apretar mi rodilla.

—¿Va todo bien? —susurra.

—Sí, es que … es que todo esto es precioso —admito encogiéndome de hombros y haciendo un esfuerzo para que no se me escapen las lágrimas.

Pronto, la conversación gira en torno a la infancia de Istar, que se pone colorada mientras traduce algunas de las travesuras de su niñez.

—Eras un trasto de pequeña —bromeo con asombro.

—Lo sigo siendo, no te creas —admite con esa sonrisa que me derrite.

La luz del sol empieza a desaparecer y nos indica que debemos volver al campamento antes de que se haga de noche. Acepto una nueva taza de té antes de salir y Amina se despide de mí, cogiendo mis manos entre las suyas y apretándolas mientras murmura algo que no comprendo.

—Dice que muchas gracias por compartir el té con ella. Que has traído mucha alegría a esta anciana con tu visita y que Allah bendiga tu viaje de regreso y te proteja de todo mal —explica Istar.

A continuación, se dirige a su nieta y le dice algo al oído. Istar se ruboriza, cierra los ojos y menea la cabeza divertida antes de despedirse.

El viaje de vuelta lo hacemos en el Jeep de Omar en vista de mi poca pericia montando a caballo, a pesar de que me consideraba una experta amazona. Istar conduce callada, sus ojos fijos en el camino mientras observamos una puesta de sol perfecta.

—¿Qué te dijo tu abuela al despedirse? —pregunto curiosa.

—Nada.

—Venga, Istar. Te pusiste roja como un tomate al escuchar sus palabras —le recuerdo.

—Mi abuela dijo que estoy enamorada de ti —suelta de pronto, dejándome sin palabras—. Según ella, se me nota en los ojos. Y a ti también —añade.

—¿Tú crees que es cierto?

—¿Qué estoy enamorada de ti?

—No, que se nos nota en la mirada —aclaro.

—Me gustaría pensar que sí —suspira antes de seguir conduciendo con una sonrisa en los labios.

Mientras avanzamos en silencio, trazo imaginarios dibujos sobre su muslo con la punta de mis dedos y vienen a mi cabeza infinidad de detalles.

Sus suaves labios sobre los míos. El contorno de sus pechos. El modo en que me escucha atentamente, sin juzgarme en ningún momento. Su manera de hacerme reír. La curva de sus caderas, el espacio tras el lóbulo de su oreja que pone su piel de gallina cada vez que la beso.

Mierda. El día en que deba partir, lloraré hasta quedarme sin lágrimas.

Capítulo 6

Victoria

El abrasador sol del desierto me golpea la nuca mientras pronuncio la última frase de la escena. Mis emociones a flor de piel.

—¡Corten! —grita John y una amplia sonrisa se dibuja en su rostro curtido por el sol.

El equipo de grabación estalla en un aplauso al tiempo que yo experimento el típico subidón que se siente al interpretar a la perfección la escena clave de la película. Una vez que alcanzas ese esquivo punto en el que te metes en la piel del personaje, la actuación se convierte en una especie de droga.

Durante la cena, cojo un plato de comida y me dirijo a una mesa alejada, discretamente escondida tras unas enormes cajas. Istar se une a mí unos instantes después y apoya la mano en mi hombro antes de sentarse.

El resto del equipo charla amigablemente, gastando bromas y dando buena cuenta de unas botellas de vino que, haciendo una excepción, John ha conseguido para esta noche. Nos dejan solas, cosa que agradezco. Si sospechan algo, nadie ha dicho nada.

—Has estado brillante —admite con una hermosa sonrisa.

—Creo que tú me inspiras a ser mejor actriz —confieso, entrelazando con disimulo mi dedo meñique con el suyo.

Uno de los ayudantes de grabación nos trae una botella de vino con dos copas, aunque Istar rechaza la suya con educación. Y no sé si es el alcohol, el saber que estoy realizando la mejor actuación de mi vida, el desierto o que mis días junto a Istar se acaban, pero me invade la melancolía.

Istar nota mi cambio de ánimo con la misma facilidad con la que navega los remotos senderos del desierto.

—¿Qué te ocurre, *habibti*? —inquiere con preocupación, inclinándose hacia mí para acariciar mi antebrazo.

—Quiero esto. Quiero estar a tu lado. No quiero perderte. Creo que nunca me he sentido tan completa, tan en paz —confieso, encogiéndome de hombros y luchando por contener unas lágrimas que amenazan con inundar mis ojos.

Por algún motivo, mi corazón espera ansioso a que Istar diga que me quede, que viva en el desierto junto a ella. Mi pulso se acelera, mi mente es un torbellino de ideas, imaginando atardeceres en aquel oasis secreto, montando a caballo por las dunas.

—Tu trabajo, tu casa… todo está en Los Ángeles —suelta de pronto, su ceño fruncido, y a mí se me rompe el corazón.

Su respuesta me golpea como si me atropellase un tren de mercancías. Me quedo en shock, incapaz de articular palabra.

—Ahora tú eres mi hogar —exclamo tras tomar de golpe una copa de vino. Me agarro al extremo de la mesa con fuerza, como si estuviese al borde de un acantilado y mi vida dependiese de ello—. ¿Y si me quedara contigo? ¿Aquí en el desierto?

Istar deja escapar un largo suspiro. Hace una pausa. Un silencio que se me antoja interminable y se limita a mirarme a los ojos.

—El desierto no siempre es amable. Es un lugar peligroso si no lo conoces muy bien —dice por fin, aunque mi esperanza se hunde como una piedra en el mar. Detrás de sus cuidadas palabras hay rechazo. Está claro que no me quiere a su lado.

Sé que, en el fondo, lo que pretende decir es muy diferente. *"Esta aventura estuvo bien mientras duró. Es hora de que te vayas a tu casa y me dejes hacer mi vida"*, es lo que imagino que pasa por su cabeza.

Suelto las manos del borde de la mesa y parpadeo varias veces para no llorar.

—Sí, claro. No sé por qué he dicho eso. Es una estupidez. Tú tienes tu vida aquí y yo la mía en Los Ángeles. Dentro de unos meses tan solo seremos un recuerdo agradable. Debe ser el vino —disimulo—. Haces bien en no beber alcohol.

Por suerte para mí, John llama la atención de todos los allí presentes con varias sonoras palmadas. El rodaje está llegando a su fin y los productores han organizado una pequeña fiesta privada para algunos periodistas influyentes, inversores y autoridades de la zona. Los protagonistas debemos pasar por maquillaje antes de unirnos a la celebración. Al fin y al cabo, nuestra labor será caminar entre los invitados, sonreír y hacernos fotos con ellos.

Una zona del campamento se ha transformado en un derroche de luz y sonido. Un grupo toca música árabe en directo, mientras el fuego de las antorchas parece bailar a nuestro alrededor. Busco con la mirada a Istar, quiero tenerla a mi lado. Estoy dolida, pero la necesito.

La observo hablar animada con varias personas del equipo de grabación. Capta mi mirada, le hago un gesto para que se acerque, pero niega con la cabeza de un modo extraño.

Dejo escapar un soplido y cojo una copa de vino de la bandeja del primer camarero que encuentro. La bebo de un trago y voy a por otra.

Istar se ha quedado a solas con una chica holandesa de apenas veintidós años que trabaja como doble para las escenas arriesgadas. Su vestido deja ver unos brazos y hombros bien torneados y algo muy parecido a un ataque de celos se apodera de mí.

Un nuevo gesto para que venga. Ahora mucho más serio. Mi sonrisa se ha evaporado.

De nuevo, lo único que recibo como respuesta es una rápida negativa con la cabeza.

Mierda. Me doy la vuelta bruscamente y le arrebato dos copas de champán al primer camarero que pasa por allí.

—Quizá deberías tomártelo con más calma —susurra Omar, colocándose a mi lado. La luz de las antorchas suaviza sus rasgos y esta noche se parece un poco más a Istar.

—Casi podría ser tu madre, así que no necesito tus consejos —espeto mucho más seca de lo necesario.

Omar alza las cejas sorprendido, pero no pierde esa sonrisa que parece estar cosida a sus labios.

—Mi hermana también lo está pasando mal, aunque no lo demuestre. Ha sido educada para ser muy dura.

—¿Ah, sí? Pues no lo parece. De hecho parece todo lo contrario, más bien que hoy se va a follar a una jovencita —ladro, dándome la vuelta y dejándole con la palabra en la boca.

A medida que el ruido y las risas aumentan, la fiesta comienza a sofocarme. Me hago unas cuantas fotos con gente importante a petición de los productores y trato de sonreír, pero mi corazón se rompe por dentro.

Dedico una última mirada a Istar y ya no puedo más. Me alejo de allí hasta la zona de los establos en un intento de desconectar y, por algún motivo que desconozco, me detengo frente a su yegua blanca. Resopla al verme, seguramente esperando un terrón de azúcar o una zanahoria.

—Por favor, pon la yegua de Istar, quiero dar un pequeño paseo —solicito al hombre que se encarga de los caballos, que me mira como si me hubiese vuelto loca.

Trata de disuadirme, pero la gélida mirada que le dedico es suficiente para que se acabe la discusión.

—Vamos a tomar un poco el aire, pequeña —murmuro, cogiendo las riendas y acariciando su cuello.

La yegua sacude la cabeza en señal de protesta, pero se adentra sumisa en el desierto.

El aire fresco de la noche contrasta con el calor de la fiesta y me corta el rostro mientras cabalgo.

—Ya ni siquiera recuerdo tu nombre —me disculpo como si el animal pudiese entenderme.

Como si percibiese mi melancolía, la yegua se mueve más despacio. Vagamos sin rumbo, sin otro destino que la distancia, aunque trato de mantener contacto visual con las luces del campamento.

Sin embargo, al cabo de un rato me doy cuenta de que esas luces han desaparecido y un ataque de pánico se apodera de mí. La yegua avanza plácidamente, sin mostrar angustia alguna, como si supiese dónde ir, pero a mí me entran ganas de vomitar y nada tienen que ver con el alcohol.

—¿En qué momento se me ocurrió esta idea? —mascullo para mí misma, maldiciendo mi estupidez.

Como si de pronto percibiese mi miedo, relincha nerviosa. Me aferro a su crin y trato de detenerla sobre la cresta de una imponente duna y, por fin, consigo ver las ansiadas luces. Salvada.

De pronto, unas sombras se cruzan en nuestro camino, posiblemente chacales y la yegua comienza a galopar con fuerza, lanzándose de cabeza hacia la oscuridad.

—Por favor, para —suplico, aunque mi voz suena débil contra el viento.

Dominada por el miedo, su galope es vertiginoso y pronto me doy cuenta de que cualquier esperanza de volver a divisar las luces del campamento, se va haciendo más y más pequeña.

Solo cuando llegamos a unas formaciones rocosas se detiene. Trata de recuperar la respiración, el sudor corriendo por su cuello.

—Por favor, llévame con Istar —suplico, pero la yegua no se mueve.

Miro a mi alrededor desesperada y tan solo contemplo un paisaje desolado, vacío en la oscuridad. Estoy totalmente perdida, a merced de esta tierra dura y exigente. Muerta de frío.

Me bajo del caballo y me desplomo contra una gran roca que aún conserva parte del calor acumulado durante el día. La yegua me acaricia la cabeza con el hocico un par de veces, como si pretendiese recordarme en el lío que me he metido. Llorando, rodeo su robusto cuello, tratando de encontrar un consuelo que no llega.

—Lo siento. Siento haberte arrastrado aquí conmigo —me disculpo, sintiendo el sabor salado de las lágrimas que ruedan hasta mis labios.

A continuación, suelto la cincha de la montura y le quito la cabezada. La yegua me mira con sorpresa, como si se preguntase qué demonios estoy haciendo, pero al menos quiero darle una oportunidad de sobrevivir.

—Vuelve con Istar —sollozo antes de pegar un manotazo en su grupa.

Relincha y comienza a galopar, pronto la pierdo de vista y, de improviso, recuerdo la traducción de su nombre: "veloz como el viento".

El pánico y el cansancio parecen juntarse en un macabro baile. Me acurruco contra una roca, aterida por el frío y empiezo a perder la consciencia. Un animal grita a lo lejos y trato de permanecer despierta.

No soy una persona muy creyente, pero rezo. Ruego que Istar sea capaz de encontrarme, aunque sé que eso es imposible. La noche se alarga de manera interminable. Frío, miedo, desesperación.

Solo se escucha el ulular del viento. Un viento helado que te cala hasta los huesos, que parece colarse por cada poro de tu piel. Tirito, abrazo las rodillas en un intento de entrar en calor. Es como si miles de agujas se clavasen en la piel de mis manos. Los dedos se entumecen, los soplo tratando de mantenerlos calientes, aunque sepa que es totalmente inútil.

El miedo da paso al terror. Sé que si me duermo, no despertaré. Debo mantenerme despierta, concentrada. Esperar un milagro. Se me cierran los párpados y sacudo la cabeza con desesperación.

Los músculos pesan. Apenas puedo mover las extremidades, mi mente se nubla y, sin querer, imagino que la muerte empieza a cubrirme con un negro velo.

Los recuerdos se vuelven borrosos. Tengo mucho frío y, por momentos, ni siquiera recuerdo dónde estoy. La vigilia se mezcla con el sueño. Destellos, voces, risas. El hermoso rostro de Istar. Lucho por aferrarme a ella, pero no está ahí, su fantasma se desliza entre mis dedos helados.

Mis párpados vuelven a cerrarse, y esta vez no tengo fuerzas para abrirlos de nuevo. El frío desaparece y una extraña calidez se apodera de mí.

Dejo de temblar. Los músculos se relajan. Mi mente se aquieta. El último pensamiento consciente es la preciosa sonrisa de Istar, me dice que no tenga miedo. Después la negrura absoluta, una oscuridad que me envuelve en su regazo.

Ya no siento nada.

No hay frío, ni miedo, ni dolor. Solo una tranquila oscuridad, como si estuviese flotando en un mar cálido y silencioso o siendo acunada.

Así, en calma. Me dejo llevar por el sueño, sabiendo que no me despertaré.

Capítulo 7

Istar

No hay ni rastro de Victoria y la música y las risas se desvanecen como por arte de magia. Recorro con la mirada la abarrotada sala, nerviosa, mi corazón acelerado.

Me muevo entre la multitud. Pregunto a cualquiera que pueda haberla visto, escudriño las esquinas escondidas por si pudiese estar en alguna de ellas. Es como si se hubiese evaporado, como si el desierto la hubiese engullido. Nadie parece haberla visto.

Abandono la fiesta y me dirijo a su caravana. Es posible que estuviese cansada y se retirase a dormir. Había bebido demasiado. Esa es la explicación más sencilla. Y, sin embargo, un extraño presagio me corroe las entrañas, susurrándome que algo va mal. Nunca debí perderla de vista.

Cuando estoy a punto de llegar a su lujosa caravana, un alboroto llama mi atención. Mi yegua blanca regresa al galope, sin montura ni cabezada, y mi corazón se detiene.

Corro a los establos, la yegua relincha angustiada, el sudor corriendo por su cuello y flancos.

La mirada del hombre que cuida los caballos me aterroriza.

—Istar —exclama corriendo hacia mí.

—¿Dónde está? ¿Dónde está Victoria? ¿Por qué ha vuelto la yegua sola? —grito desesperada, agarrando su túnica y sacudiéndole con violencia.

Traga saliva, sus manos en alto.

—La señorita Victoria salió con la yegua a dar un paseo hace más de una hora. Dijo que quería un poco de aire fresco. Pensé que estaría ya de vuelta. Hace mucho frío —añade con preocupación.

—Claro que hace frío, imbécil. ¿Cómo la has dejado ir sola? La yegua ha vuelto; eso significa que Victoria está perdida, herida o… —me detengo a mí misma antes de terminar la frase. Me niego a pronunciar esa palabra.

—Yo pensé que… —balbucea poniéndose pálido.

—No, no pensaste nada, porque si no, no la hubieses dejado salir al desierto en plena noche —chillo con rabia.

La realidad me golpea. Implacable. Aterradora. La posibilidad real de que se haya ido, de que nunca vuelva a verla sonreír.

No.

No puedo aceptarlo, todavía no.

—Ensilla a Jadir, mi dromedario, ¡ya! —ordeno—. Y reza porque aún siga viva —agrego con dureza.

En pocos minutos, salgo del campamento con unas mantas, un botiquín y algo de té, todo lo que he podido encontrar con las prisas.

Me adentro en la inhóspita inmensidad del desierto y mis ojos buscan con desesperación cualquier señal de Victoria. Por unos instantes puedo seguir su rastro. La yegua trota o avanza al paso, pero, de pronto, se vuelve confuso. Se detuvieron en lo alto de una duna. Desde ella pueden verse todavía las luces del campamento.

A continuación, huellas de chacales y el rastro se pierde.

Grito de rabia. Un grito desgarrador que rompe la noche.

—Aguanta, por favor, *habibti* —mascullo mientras dirijo al dromedario en dirección a las formaciones rocosas.

Es como si la yegua hubiese estado zigzagueando un buen rato. Algunas pisadas de sus cascos están ahí, sobre la arena, pero una parte de las huellas se ha perdido por el viento. Me niego a darme por vencida. No cuando Victoria me necesita.

Jadir resopla molesto por los continuos cambios de dirección. Nos desviamos constantemente, rebuscando en la arena cualquier señal de un rastro que me pueda llevar hacia ella, por débil que sea.

Los minutos pasan aterradores y sé que, con cada uno de ellos, se reduce la posibilidad de encontrarla con vida. Y, de pronto, nuevas huellas de la yegua sobre la arena. Su tranco es largo, seguramente huía a galope tendido, asustada por los chacales.

—Corre más rápido que el viento, Jadir —suplico, dirigiendo al dromedario blanco hacia las rocas, donde el rastro parece perderse.

La luna baña el desierto con un resplandor etéreo. En otras circunstancias me parecería precioso, pero, esta noche, su belleza se me escapa. El miedo hunde las garras en mi corazón y cada minuto que pasa me aterroriza más. Conozco este paisaje a la perfección, lo he recorrido miles de veces desde que era una niña, y aun así, la distancia hasta las rocas me parece esta noche infinita.

El desierto es bello, pero cruel. Su calor te abrasa durante el día, el gélido aire se apodera de la noche. Cualquiera de los dos puede matar en muy pocas horas a alguien que no esté preparado.

Y Victoria está ahí. En algún lugar. Sola y asustada. Perdida. Quizá herida.

Tiemblo mientras azuzo a Jadir. Mi fiel dromedario escala incansable una duna tras otra, como si de verdad el *Djinn* de las historias de mi padre le hubiese dotado de mayor resistencia y velocidad que al resto de su especie.

Me pregunto una y otra vez qué la empujó a salir sola por la noche. El desierto no juzga ni sopesa razones, tan solo impone un rápido castigo a los incautos que se aventuran en él sin conocerlo. ¿Qué posibilidades tiene una extranjera que vaga a ciegas en la oscuridad de la noche?

Grito su nombre al viento hasta que mi voz se desgarra, pero solo los susurros de la arena devuelven mi desesperada súplica. Jadir resopla, como si compartiese mi preocupación por Victoria. Como si se apiadase de ella.

Y al acercarme a una de las formaciones rocosas, diviso algo. Una forma oscura, pequeña, casi escondida entre dos grandes piedras. Mi corazón se detiene, ruego a Jadir que galope más rápido de lo que sea capaz, le empujo hasta el límite sin atreverme a perder la esperanza.

—Resiste, *habibti*, ya estoy aquí —grito mientras el viento se lleva las lágrimas que ruedan por mis ojos.

Es ella. Sus ojos cerrados, la piel mortalmente pálida. Yace torpemente recostada contra una roca. Inmóvil. Sus labios agrietados por el frío, de un tono azulado.

Detengo al dromedario y me acerco a Victoria. Con dedos temblorosos busco el pulso en su cuello sin encontrarlo. La angustia amenaza con tragarse el desierto entero. Caigo de rodillas y un alarido de dolor me desgarra el alma al abrazar su cuerpo inerte

—Por favor, *habibti*, no me dejes sola —ruego mientras mis lágrimas caen sobre su rostro blanquecino.

Capítulo 8

Istar

Un pánico atroz se apodera de mí al abrazar su cuerpo inerte. Estrecho a Victoria entre mis brazos, acunándola como si fuese un bebé, llorando de desesperación. No puede ser. Me niego a aceptar este cruel giro del destino. Su luz no puede apagarse de este modo.

Entonces, un latido débil, errático, golpea las yemas de mis dedos y me invade una alegría inmensa, indescriptible. Victoria se aferra a la vida con las pocas fuerzas que le quedan.

—Aguanta, *habibti*, no puedo perderte —susurro mientras arrastro su cuerpo hasta una cueva cercana donde guarecernos del viento del desierto.

La envuelvo con las mantas de lana que he traído sobre Jadir. Son gruesas y ásperas, pero muy cálidas y resistentes, pensadas para soportar las gélidas noches. Froto sus manos, soplando sobre los dedos congelados

Con rapidez, reúno arbustos secos y ramitas que encuentro a la entrada de la cueva, restos de la vida que una vez prosperó en esta zona, y enciendo un pequeño fuego.

Las llamas crepitan a nuestro lado, llenando la oscuridad de calor y esperanza.

Vuelvo junto a Victoria y la cojo entre mis brazos. Aprieto su cuerpo, lo froto, compartiendo mi calor. Desconozco cuanto tiempo transcurre, quizá una hora, puede que tan solo un momento. El propio tiempo es un compañero voluble cuando te enfrentas a una situación de este tipo.

Y, poco a poco, de manera casi imperceptible, su cuerpo se calienta. La primera señal de vida es un sutil escalofrío, un minúsculo temblor que me devuelve la esperanza. Llena de alegría, froto sus brazos y piernas para estimular la circulación.

Y a continuación, otro pequeño milagro. Agita los párpados, sus pestañas aletean débilmente y abre lentamente los ojos, confusa.

—¿Istar? —ese susurro entrecortado, débil, es el sonido más hermoso que he escuchado jamás.

—Estoy aquí, *habibti*, estás a salvo —suspiro, apretando su cuerpo contra el mío.

—Sabía… sabía que me encontrarías —ronronea sin fuerzas antes de cerrar los ojos de nuevo.

Instintivamente, desvío la mirada a la entrada de la cueva, agradeciendo a las estrellas que su luz me haya guiado hasta Victoria a tiempo. Nuestro pequeño refugio ofrece poca protección, pero con las mantas y el fuego debería ser suficiente. Las llamas nos proporcionarán calor y mantendrán alejados a los chacales.

El ritmo de su respiración se hace más estable y su rostro recupera parte del color.

—Lo siento mucho… nunca quise…

—Shh, calla. Nada de eso importa —le aseguro, meciéndola con suavidad—. Ahora necesitas calor y descanso. Debes recuperarte.

Todo lo rápido que puedo, me quito la ropa y desnudo también a Victoria, abrazando su cuerpo y cubriéndonos con todo el abrigo que tengo a mano.

Pronto se duerme entre mis brazos, sus rasgos suavizados por el cansancio. Dejándola por un momento en el suelo, añado los últimos restos de ramas a un fuego ya casi moribundo, esperando que nos dure las horas que quedan hasta el amanecer.

Me despierta la primera luz de la mañana que se filtra por la entrada de la cueva. El fuego no es ya más que un recuerdo, tan solo queda el aroma a madera quemada, pero su ayuda ha sido inestimable. Envuelta en la gruesa manta, Victoria ha recuperado el calor, su respiración es ahora profunda y uniforme.

Acurrucada contra mí, se agita levemente y abre los ojos para encontrarse con los míos.

—¿Cómo te encuentras? —inquiero, acariciando su mejilla con el reverso de la mano.

—¿Estoy viva o…?

—Estás viva —le aseguro.

—Bueno, pensar que vas a morir y más tarde despertarte desnuda mientras me haces una cucharita, debe parecerse mucho al cielo —bromea.

—Lo mejor para entrar en calor es el contacto de la piel desnuda —le explico—. Dime, ¿cómo estás?

—Me duele todo, es como si me hubiese pisoteado un camello —suspira.

—Bebe un poco, tienes que hidratarte.

He mantenido el té junto al fuego, pero está ya templado. Aun así, Victoria lo bebe con pequeños sorbos y una leve sonrisa regresa a sus labios. En cuanto recupera algo de fuerza, se sienta junto a mí en silencio. El sol comienza a subir, tiñendo el desierto de un precioso color rojizo.

—¿Qué ocurrió anoche? ¿Qué te llevó a adentrarte sola en el desierto? —suspiro, aunque no estoy segura de querer conocer la respuesta.

—Pensarás que soy una idiota —admite, bajando la mirada con un gesto de dolor.

—Sabes que yo no juzgo.

—Me ignoraste, Istar. Me dejaste muy claro que no quieres nada conmigo. Primero en la cena, cuando te dije que estaba pensando en quedarme aquí, a tu lado. Y luego me diste la puntilla al no acercarte a mí ni un solo instante durante la fiesta, mientras ligabas con la chica holandesa —espeta, mordiendo su labio inferior y desviando la mirada.

—¿Eso te llevó a jugarte la vida? —pregunto confusa.

—Eso y el alcohol.

—En la fiesta tan solo cumplía órdenes. Antes de empezar, John me dejó muy claro que sabía que hay algo entre nosotras y a él no le importa lo más mínimo mientras no interfiera con nuestro trabajo. En cambio, le preocupaba que alguno de los invitados de la fiesta se diese cuenta. Sabes bien que asistieron autoridades y gente influyente de la sociedad egipcia. John tan solo quería evitarnos problemas. Y a la propia grabación de la película, supongo. Por eso te hice señas indicando que no podía acercarme a ti.

—Joder, soy imbécil —masculla, escondiendo su rostro entre las manos.

—Siento mucho si lo interpretaste de otro modo. No hay nada entre la chica holandesa y yo. Ni siquiera me lo planteo —le aseguro.

—Soy gilipollas, Istar. Casi pierdo la vida por un ataque de celos. Intenté mantener contacto visual con las luces del campamento en todo momento, pero luego llegaron esos chacales, la yegua se asustó y…

—Lo sé, seguí tus huellas hasta aquí.

—Esa yegua blanca… joder, hace honor a su nombre, el viento me cortaba la cara de lo rápido que galopaba —reconoce llevándose una mano a la frente.

—Ni siquiera cogiste tu teléfono móvil. Victoria Iverson sin su teléfono móvil, quién lo iba a decir. No podrás subir esta historia a Instagram —bromeo.

—¿Te he dicho ya que soy…?

—Gilipollas, lo sé —interrumpo con una sonrisa.

—La parte positiva es que si llego a morir en el desierto, la película habría sido un gran éxito —confiesa encogiéndose de hombros, dejando escapar una pequeña carcajada que me indica que ya está mucho mejor.

Apoya la cabeza en mi hombro y aprovecho para cubrirla con la manta, peinando su cabello entre mis dedos. Victoria cierra los ojos, dejándose mimar, hasta que su estómago suelta un fuerte gruñido que nos hace reír.

—¿Alguien por aquí tiene mucha hambre?

Sus mejillas se tiñen de un leve matiz carmesí antes de responder. Un tono que, en contraste con el color blanquecino de su rostro hace apenas unas horas, me parece lo más hermoso del mundo.

—Lo siento, no he probado bocado desde ayer por la tarde —se disculpa, tratando de esconder una risa nerviosa.

—Suerte que he traído algunas cosas para llenar el estómago —indico, rebuscando en la alforja que he portado conmigo.

Victoria cierra los ojos, como si los dátiles secos y las almendras fuesen el más delicioso de los manjares. A continuación, bebe un largo sorbo de té de mi cantimplora de piel de cabra.

—¿Qué es esto? —inquiere curiosa.

—Se llama *dukkah*. Es una mezcla tradicional de frutos secos, semillas y especias. Es muy útil para realizar travesías por el desierto, porque se conserva muy bien y tiene muchos nutrientes —le explico—. Por desgracia, no tenemos aquí aceite de oliva para mezclarlo, ganaría mucho sabor —agrego.

—Todo aquí parece estar adaptado al terreno y al clima —murmura besando mi mejilla.

—No tenemos otro remedio. En Los Ángeles puedes ir a un supermercado o a un restaurante y comer lo que quieras. En el desierto, tenemos que arreglarnos con lo que hay.

—Y, aun así, les sacáis un partido increíble —confiesa—. Tengo mucho que aprender de ti y de tus costumbres. Por cierto, creo que estoy lista para volver, aunque no me quiero ni imaginar los gritos de John en cuanto me vea.

—Me temo que no. Debemos retrasar el regreso —expongo, señalando la entrada de la cueva.

Victoria me observa extrañada. Frunce el ceño, alternando la mirada entre la entrada y mis ojos, sin comprender de lo que estoy hablando.

—Tormenta de arena —le explico—. Llegará en unos minutos, ya empieza a notarse. Es mejor esperar aquí. Estaremos más seguras.

Asiente lentamente con la cabeza, pero, de pronto, se vuelve hacia mí preocupada.

—¡Jadir! ¿Estará bien ahí fuera cuando llegue la tormenta?

—Estará perfectamente —le aseguro—. No es una tormenta grande y está bien adaptado para soportarla. La gruesa capa de pelo le protege los ojos, las fosas nasales y los oídos. Los dromedarios incluso pueden cerrar las fosas nasales para que no se cuele arena en su sistema respiratorio. Y esas largas pestañas que tanto te gustan también contribuyen a que no entre nada en sus ojos. No te preocupes por él.

Victoria suspira aliviada, bebiendo un nuevo sorbo de té, antes de preguntarme cuánto tiempo debemos estar en la cueva.

—Es solo un pequeño contratiempo. No creo que dure más de una hora. Si estuviese sola, partiría sin miedo hacia el campamento, pero prefiero no arriesgarme contigo. ¿Ves el cielo rojizo? —pregunto señalando con el dedo índice.

—Sí.

—Es arena en suspensión. Es muy incómodo, se te mete por todos los sitios. Lo mejor es permanecer resguardadas en esta cueva. Lo bueno es que tras la tormenta, la visibilidad aumenta porque el aire se limpia y viajaremos mejor. Además, se me ocurre algunas cosas que hacer para pasar el tiempo ahora que parece que estás mejor —bromeo con un guiño de ojo.

—¿Dormir? —pregunta, recostándose en el suelo y apoyando la cabeza sobre mi muslo como si fuese una almohada.

—No estaba pensando precisamente en eso, pero también puede funcionar —siseo, acariciando con suavidad su mejilla.

Capítulo 9

Victoria

El sol del atardecer cae a plomo sobre nosotras de regreso al campamento. Es extraño, a pesar de haber estado a punto de morir o de la más que segura bronca que me llevaré de John y los productores, me invade una sensación de paz. Es como si me sintiese más ligera cabalgando junto a Istar por las dunas. Libre, sin cargas.

—Empiezo a entender por qué adoras el desierto —musito mientras me apoyo en su cuerpo y ella me rodea con uno de sus brazos—. Existe una inusual belleza en este lugar.

—Es una belleza que crece poco a poco dentro de ti —admite Istar—. El desierto tiene su propio ritmo, tan solo tienes que rendirte a él. Debes abrir la mente para que te muestre todos los tesoros que esconde.

Asiento lentamente con la cabeza, llevando una mano hacia atrás para acariciar su muslo. Mientras nos desplazamos por las dunas, el paisaje parece ondular como si fuesen las corrientes de un vasto océano. Y, podrá parecer raro, pero aquí, entre la inmensidad de esta extensión de arena, me siento, quizá por primera vez, yo misma.

Pero, demasiado pronto, el campamento se alza orgulloso ante nosotras.

—¿Podemos dar la vuelta? —pregunto, medio en broma, medio en serio.

—No sé si merece la pena morir a manos de John. Volvemos a salir cuando quieras, a Jadir le vendrá bien algo más de ejercicio. Desde que empezó el rodaje, lo único que hace es comer —se queja Istar, acariciando el cuello del dromedario.

Jadir resopla ansioso al escuchar sus palabras, como si la hubiese entendido y estuviese ya anticipando la cena. El noble animal se abre paso por la arena y, cuando descendemos la última duna, el suelo parece caer vertiginosamente bajo nosotras e Istar me aprieta contra su cuerpo, seguramente sintiendo que me he puesto nerviosa.

—No sé tú, pero yo necesito desesperadamente un baño caliente antes de hablar con John —bromeo, levantando el brazo para oler mi axila en un exagerado gesto.

—Suena bien —confiesa Istar, poniendo los ojos en blanco y meneando la cabeza divertida.

Mientras nos desnudamos en el baño de mi caravana, abro el chorro del agua caliente y lleno la espaciosa bañera, observando cómo Istar me mira con preocupación. No consigue quitarse de la cabeza el desperdicio de agua que supone llenarla cada día.

—¿Vas a entrar o no? —pregunto ya dentro, el calor revitalizando todo mi cuerpo.

Istar sonríe y se coloca detrás de mí. Me reclino contra su cuerpo, sintiendo de inmediato cómo la tensión comienza a liberarse. Masajea mi espalda desnuda haciendo maravillas, con una presión firme, pero suave.

—Joder, es increíble —suspiro, cerrando los ojos y abandonándome a las sensaciones que me regalan sus manos— ¿Has pensado alguna vez en ser masajista?

—Me gustan más los camellos y las cabras. Incluso algunos extranjeros —bromea con una preciosa sonrisa.

—Ah —jadeo cuando masajea mi espalda.

—¿Demasiada presión?

—Es perfecto. ¿Eres real? ¿Estás segura de que no he muerto y estoy en algún tipo de paraíso?

—Ven, ahora toca la cabeza —susurra junto a mi oído antes de morder suavemente el lóbulo de mi oreja.

El baño de la caravana se llena de vapor mientras echo la cabeza hacia atrás, entregándome a las caricias de Istar sobre mi pelo mientras lo enjabona. Suspiro de felicidad como una niña tonta, abandonada a los círculos relajantes que dibujan sus dedos. Por mí, el mundo podría desaparecer ahora mismo si nos dejan solas, encerradas en este baño para siempre.

Istar lava mi pelo con paciencia, casi con devoción. Deja caer el agua caliente con tanta delicadeza que me entra el sueño y, mientras aclara los últimos restos del champú, su mano sigue la dirección del agua, alisándome el pelo sobre la espalda en un movimiento de una ternura sublime.

—Todo limpio —murmura antes de besar mi hombro y abrazarme.

Y mientras me dejo caer sobre su cuerpo, sintiendo sus pechos en mi espalda, no puedo evitar que se me escape un largo suspiro de satisfacción. No quiero que esto se termine.

—Te estás volviendo muy mimosa, americana —ronronea junto a mi oído antes de recorrer mi cuello con la punta de la lengua.

Istar se inclina hacia atrás y apoya el cuerpo sobre la bañera, recorriendo sin prisa mi piel, rodeando mi cintura con la mano izquierda, mientras yo trazo imaginarios dibujos sobre sus fuertes piernas, como si quisiese guardar en la memoria cada centímetro de ellas.

Deslizo las manos por sus gemelos, llegando hasta los tobillos, acariciando el empeine de sus pies antes de repetir el movimiento en sentido inverso.

Istar enreda una mano en mi pelo y tira de mi cabeza hacia atrás, rozando mi hombro con los dientes antes de cubrirlo de pequeños besos y mi pulso se acelera. En unos instantes, nos dejamos llevar, no sé dónde acaba mi cuerpo y dónde empieza el suyo. Nos exploramos con ternura y pasión, cada una deslizando manos y labios por la piel de la otra, perdidas en un mundo donde no existe nada más, tan solo nuestros cuerpos desnudos, nuestros gemidos y el ocasional chapoteo del agua al caer fuera de la bañera.

—Tuve mucho miedo ahí fuera —reconozco cuando terminamos, agotada entre sus brazos—. Pensé que iba a morir.

—Yo nunca estuve más asustada en toda mi vida —confiesa Istar.

—¿Asustada tú?

—Temí no volver a verte.

—Pero me encontraste.

—Sí, te encontré. Pero me consumía la idea de perderte. No lo podía soportar. En aquella cueva, mientras abrazaba tu cuerpo para hacerte entrar en calor, me di cuenta de lo frágil que es nuestra relación, a pesar de lo mucho que te quiero. Me percaté de lo rápido que puede desaparecer y sé que me romperá el corazón.

—De momento estamos juntas, eso es lo que importa —le aseguro, apartando un mechón de pelo de su frente y colocándolo detrás de su oreja, aunque no puedo evitar que las lágrimas rueden por mis mejillas al escuchar mis propias palabras.

Me aferro a ella, parpadeando las tontas lágrimas que brotan de mis ojos. Istar me abraza y es como si el calor de su piel, como si los latidos de su corazón pudiesen calmar todos mis temores.

Al cabo de un rato, el agua comienza a enfriarse. Istar coloca dos dedos bajo mi barbilla y la levanta. Estudia mi rostro en silencio, con detenimiento, y puedo observar las emociones profundas que reflejan sus ojos. Alivio, deseo, valentía, amor.

Capítulo 10

Victoria

Mi mente es un avispero de ideas mientras me dirijo a hablar con John para pedirle disculpas por mi comportamiento infantil.

¿Qué futuro podemos tener juntas?

La quiero, eso lo tengo muy claro. Llevamos poco tiempo, pero he conectado con Istar de un modo que nunca había hecho con nadie. Y, aun así, nuestros mundos son demasiado diferentes. ¿Cómo se puede encontrar un equilibrio entre la belleza adusta del desierto y la ostentación y el glamur de Hollywood?

Es imposible. Me duele la sola idea de pedirle que renuncie a su vida por acompañarme. Seguramente lo acabaría resintiendo. Sacrificaría demasiado por mí para lamentarlo más tarde.

En unas semanas Istar volverá a su vida, a recorrer el desierto a lomos de Jadir o de su yegua blanca. A sentir el viento de la libertad sobre su rostro. Y yo… bueno, yo ya no sé muy bien cuál es mi sitio.

John me espera sentado en una silla, su aspecto cansado y ojeroso por la falta de sueño, aunque le inunda una sensación de alivio cuando me acerco.

—Lo siento mucho, John. Yo… ni siquiera sé qué decir. Soy consciente de que he sido una imbécil. He puesto en peligro mi vida, la de Istar, el futuro de la grabación. No tengo palabras —confieso, bajando la mirada con vergüenza.

—Lo importante ahora es que estás bien —suspira—. Nos has tenido a todos en un puño. Yo he tenido que ir a ver al médico porque pensaban que me daría un infarto. Joder, Victoria. No tengo ni la menor idea de qué cable se te pudo haber cruzado para adentrarte en el desierto tú sola y por la noche. Menos mal que esa chica vale su peso en oro —agrega.

—Lo siento. Fue increíblemente estúpido por mi parte. Ni siquiera sé qué puedo decirte y…

—¡Ah, diablos! A la mierda. Lo importante es que estás a salvo. Pero no lo vuelvas a hacer, ¿entendido? Si no llega a ser por Istar me habrías metido en muchos problemas. Habría tenido que buscarme otra actriz para terminar la película o recrearte con una inteligencia artificial de esas. No sé, yo ya estoy viejo para estos sustos, Victoria —exclama, poniendo los ojos en blanco mientras se le escapa una ligera sonrisa.

Por algún motivo, sonrío yo también. Me imagino a John buscando desesperadamente a otra actriz a toda prisa y haciendo solamente tomas lejanas para que no se vea la diferencia.

—Hay otro tema que deberías saber —interrumpe de pronto, frunciendo el ceño con cierto aire de preocupación—. Parece que se ha corrido la voz sobre vosotras dos.

De pronto, se me forma un nudo en la garganta. Me quedo petrificada. Esperaba una bronca monumental por su parte, pero nunca esta noticia.

—Es… es imposible. Hemos tenido el máximo de cuidado. Ni siquiera nos cogemos de la mano en público. Sería normal que pase tiempo junto a mi guía, que además me ayuda con los aspectos culturales del personaje. Yo…

Hago una pausa, quedándome sin respuestas, rebuscando en mi memoria algún desliz, alguna ocasión en la que hayamos podido tener algún contacto en público, alguna actitud que revelase nuestra relación. Algo.

—Ya sabes cómo funciona esto, Victoria. Llevas veinte años en el negocio. Si no hay noticias, se las inventan. No hay nada sólido, solo rumores de que estás con una misteriosa mujer beduina. No se menciona el nombre de Istar en ningún caso —explica, enseñándome en su teléfono móvil la noticia que sale en un conocido blog de cotilleos sobre Hollywood.

¿Un romance en el desierto para Victoria Iverson?

Según rumores recientes, la aclamada actriz Victoria Iverson, nominada para un Óscar hace más de diez años por su papel en Agente Walker, podría estar viviendo una inesperada relación durante el rodaje de su próxima película en el desierto del Sinaí.

Fuentes cercanas a la producción afirman que Iverson pasa mucho tiempo a solas con una guía beduina contratada para la grabación.

"Definitivamente hay una conexión especial entre ellas" declara una fuente cercana a la producción, que prefiere mantenerse en el anonimato. "Siempre están juntas, susurrando palabras al oído y riéndose. Tienen mucha química" añade la misma fuente.

Aunque ni la actriz ni la productora han confirmado aún ningún romance, parece haber indicios de un flechazo entre la veterana estrella de Hollywood, ya en el ocaso de su carrera, y la desconocida guía beduina.

Iverson, de 41 años, ha mantenido su vida amorosa fuera del foco de atención pública desde su divorcio con el actor Travis MacGrath en 2018, aunque se le conocen, al menos, dos fugaces relaciones con otras actrices.

¿Será esta misteriosa mujer árabe la que finalmente despierte el corazón de la actriz? Pronto daremos más detalles.

—¿En el ocaso de mi carrera? ¡Serán hijos de puta! Y me quedan dos meses para cumplir cuarenta y uno, todavía no los tengo, joder —chillo, releyendo el artículo por si me he dejado algo.

—Ya sabes cómo va esto, Victoria. Lo mejor es no darle importancia, pero me preocupa más Istar —comenta, pasándose una mano temblorosa por el pelo.

—Joder, Istar —suspiro.

—Siento haber sido yo quien te diese la noticia, pero prefería que te enterases por mí antes de que empiecen los cotilleos. Por supuesto, desde el equipo de producción lo hemos negado todo y...

—Alguien de aquí les ha dado el chivatazo —interrumpo enfadada, pegando un manotazo sobre la mesa con el que tan solo consigo hacerme daño.

—He tenido una reunión con todo el personal. Están avisados de que si pillo a quien lo ha hecho no solo estará despedido, sino que me encargaré personalmente de que no vuelva a trabajar en una grabación. Ha sido duro cuando ni siquiera sabía si volverías con vida —añade, señalándome con un bolígrafo.

—Esto es una mierda, John —me quejo.

—Lo normal es que la noticia muera sola. Es lo que ocurre con la mayor parte de ellas. Ahora concéntrate en terminar bien el rodaje. Es tu prioridad número uno. Deja que la productora se encargue de la prensa, lo desmentiremos mientras sea posible. ¿Estarás bien? —inquiere, mirándome por encima de sus gafas de pasta.

Asiento lentamente con la cabeza, mi estómago todavía revuelto tras leer esas líneas. Pero John tiene razón, no hay nada que podamos hacer salvo ser discretas y desmentirlo hasta la saciedad. Para mí no tiene importancia. En mi trabajo, mientras hablen de ti, bien o mal, es bueno. Los problemas comienzan cuando nadie lo hace, cuando pasas al olvido. La peor parte se la puede llevar Istar y la sola idea me hace estremecer.

—Por favor, John. Prométeme que lo vas a desmentir hasta que ya no te quede saliva, como si lo tienes que jurar por la salud de tus hijos —suplico muy seria.

—Lo haré, no te preocupes. Ella no merece verse envuelta en las gilipolleces de nuestra industria —me asegura.

—Gracias —respondo entornando los ojos y dejando escapar un largo suspiro mientras pienso en cómo se lo voy a contar a Istar.

—¿Victoria?

—Sí.

—Cuida a esa chica. No encontrarás a otra como ella —susurra John mientras comienzo a alejarme en dirección a mi caravana.

Capítulo 11

Victoria

Cuando regreso a mi caravana, el sol comienza a proyectar un resplandor rojizo sobre la arena del desierto, aunque el nudo en mi estómago no me permite disfrutar de su belleza.

Me detengo ante la puerta, respiro hondo y entro, preparándome mentalmente para la difícil conversación que me espera.

—Aquí estás —suspira Istar nada más verme, cruzando el espacio que nos separa con dos rápidas zancadas—. Empezaba a preocuparme.

—No me voy a marchar al desierto de nuevo, creo que he aprendido la lección —bromeo dejándome abrazar.

—¿Qué te ocurre, *habibti*? ¿Todo bien con John? Te noto tensa.

Abro la boca para responder, pero vacilo. Istar tiene una extraña facilidad para detectar cualquier cambio de ánimo.

Coge mi mano y me besa los nudillos, a continuación la yema de los dedos y, en un instante, mis piernas se vuelven de plastilina.

—Todo ha ido bien con John —le aseguro—pero tenemos un problema mayor del que deberíamos hablar.

De inmediato me percato de mi error, así que respiro hondo y reformulo la frase, eligiendo las palabras con cuidado.

—No hay por qué preocuparse, la verdad. Ni siquiera sé por qué lo he llamado problema. En el fondo no es más que un pequeño inconveniente, pero debes estar al tanto —insisto.

Me siento en el borde de la cama y golpeo el colchón con la palma de la mano, indicando a Istar que se coloque a mi lado. Lo hace con cautela, su columna rígida, como si se estuviese preparando para recibir una mala noticia. Cojo su mano y le explico lo más suavemente que puedo lo del cotilleo que circula por la red sobre nosotras. Istar escucha en un silencio angustiado, su mirada perdida.

—No tienen ninguna prueba, es tan solo un rumor —concluyo, apretando su rodilla—. Ya sabes cómo es esto de Hollywood, si no hay dramas, se los inventan. Por favor, no te preocupes demasiado, este tipo de rumores se mueren solos en una o dos semanas.

Istar se limita a asentir, parece replegarse sobre sí misma mientras leer la noticia en mi teléfono móvil y procesa la información. Estudio su rostro y es como si varias emociones profundas se entremezclasen; conmoción, miedo, ira.

—Eh, no pasa nada. Es lo que tiene salir con alguien famoso, siempre nos persigue la misma mierda. ¿Qué te ocurre?

Me da un vuelco al corazón al observar las lágrimas en sus ojos. Hasta ahora nunca había dado la más mínima imagen de vulnerabilidad.

—Istar, ¿estás bien?

—No lo entiendes —niega con la cabeza mientras se seca las lágrimas que ruedan por su mejilla—. Para ti puede que tan solo sea un inconveniente menor, pero para mí... —se interrumpe, su labio inferior temblando.

—¿Puede causarte problemas? —pregunto con miedo.

—Sí. No estamos en Los Ángeles, Victoria. La situación aquí es muy diferente.

Ni siquiera sé qué decir. Le explico una y otra vez que en ningún momento se menciona su nombre, reitero que no hay nada concreto sobre ella en la noticia. Es tan solo un rumor al otro lado del mundo.

—¿Cuántas guías Bedawi tenéis contratadas? —pregunta con sequedad.

—Tan solo tú —suspiro.

—Pues ahí tienes tu respuesta —indica, levantándose de la cama.

Me alzo tras ella, pero antes de que pueda pedirle detalles sobre las posibles consecuencias a las que podría enfrentarse, se aparta con brusquedad y saca el teléfono móvil.

—Lo siento, debo hacer una llamada urgente —anuncia antes de salir de la caravana, marcando ya el número.

Contemplo impotente cómo se aleja de mí. Habla nerviosa en su idioma. No tengo ni idea de a quién ha llamado ni entiendo una sola palabra, pero el tono rápido y urgente de su voz no es muy alentador.

Dos horas más tarde, sigue sin haber ni rastro de Istar, pero uno de los ayudantes de producción llama a mi puerta, indicando que debo presentarme de inmediato en el despacho de John para un asunto muy urgente.

Y si ya estaba nerviosa de camino al despacho, nada más entrar se me cae el alma a los pies. Sentado frente a John hay un hombre de uniforme, lo mira todo con una expresión extraña, sin embargo, nuestro director ha perdido el color. Istar entra minutos más tarde y su rostro cambia por completo al ver al hombre sentado junto a John.

Nos saluda de manera educada, explicando que es un honor estar junto a una actriz famosa, pero que debe investigar unas preocupantes noticias llegadas de Estados Unidos.

—Ya le he dicho que tan solo son una sarta de patrañas —interrumpe John, haciendo un gesto con la mirada como queriendo indicarme que la cosa va muy en serio.

El hombre sonríe.

—No pretendo insinuar que haya ocurrido nada inapropiado. Hago mi trabajo. ¿Podría sacarme una foto con usted? —me pregunta de pronto—. Mis amigos no se lo van a creer.

Resisto el impulso de contestar de mala manera, pero desvío la mirada hacia Istar, que se sienta rígida a mi lado.

Sus ojos bajos, como si hubiese descubierto de pronto que sus sandalias son lo más interesante del mundo, así que accedo para tenerle lo más contento posible.

Justo cuando me estoy haciendo un selfie con el hombre de uniforme, entra en el despacho un beduino alto, ataviado con una túnica blanca que le llega hasta los tobillos. Saluda con una sonrisa encantadora e Istar responde en voz baja, casi sumisa.

—¿Quién es? —pregunto, incapaz de mantener a raya mi curiosidad.

—Soy su prometido —contesta el hombre en un inglés entrecortado, clavándome la mirada más profunda que jamás he visto—. Nos vamos a casar dentro de tres meses.

Istar busca con miedo mi mirada, pero el mundo se derrumba a mi alrededor al escuchar esas palabras y debo apoyarme para no caer.

—Luego hablamos —susurra Istar en una voz apenas audible.

—Ya no tenemos nada de que hablar —es mi única respuesta antes de abandonar el despacho sin ni siquiera despedirme.

Nada más salir, me apoyo en un foco del rodaje, apenas puedo respirar. Anoche besé cada centímetro de su piel sin saber que estaba prometida. En mi interior se ha abierto un abismo que se traga toda esperanza.

De algún modo llego hasta mi caravana, pero me siento desgarrada. Cierro la puerta de un portazo y me apoyo contra ella, las lágrimas nublando mi vista. Me siento morir. La mujer que amo está a punto de casarse.

Se me escapa un grito ahogado. Pego una patada a una de las sillas, que se estampa contra la mesa causando un estruendo. Es una agonía insoportable, un dolor que desgarra el alma.

Desesperada, golpeo la pared con el puño cerrado una y otra vez hasta que mis nudillos sangran. ¿Cómo ha podido traicionarme así? Pensaba que lo nuestro era real. He sido una imbécil.

Me voy dejando caer hasta hacerme un ovillo en el suelo, temblando, entre sollozos. Mi corazón se llena de un vacío oscuro y profundo, es como si toda mi vida hubiese perdido el sentido. Ni siquiera tengo fuerzas para seguir adelante.

Estoy rota, completamente destrozada. Tres meses. Joder, en noventa días estará formando una familia con ese hombre y yo me quedaré sola, con el corazón hecho pedazos.

He estado buscando una solución que nos permita seguir con esta relación para nada. Me había aferrado a la ilusión de estar con ella y ahora me la arrancan de manera cruel.

¿No pensaba decírmelo? ¿Era más fácil que me marchase a California al terminar el rodaje para que ella siguiese con su vida? ¿Qué he sido para Istar? ¿Un pasatiempo? ¿Un entretenimiento mientras esperaba para casarse con un hombre?

Su aroma permanece aún en la caravana y cada recuerdo me traspasa el corazón como si fuese una de sus afiladas dagas. No sé el tiempo que permanezco en el suelo en posición fetal. Las horas carecen de sentido. Mi mundo se ha fracturado, todo lo que amaba ha desaparecido. La luz en el exterior se desvanece y la caravana se queda en penumbra.

Llaman a la puerta, suaves golpes, e inmediatamente sé que es Istar. Por un irracional momento pienso en abrir y lanzarme a sus brazos, pero me quedo helada. Vacía. En estos momentos nada puede calmar esta agonía. Me ha infligido la herida más profunda imaginable. Dolorosa. Cruel.

—Victoria —susurra.

—¡Lárgate de aquí, joder! —grito y las lágrimas vuelven a brotar de mis ojos.

Los golpes cesan al cabo de varios minutos. Una parte de mí siente el deseo de ir tras ella. El resto espera no volver a verla jamás. Ojalá se vaya hoy mismo con ese hombre para no regresar nunca.

Supongo que el tiempo me acabará curando. No es la primera vez que me hacen daño, aunque no recuerdo haber sentido tanto dolor. Mi mundo se ha hecho pedazos y un sufrimiento punzante irradia cada fibra de mi ser.

Cuando me salvó la vida en aquellas rocas, pensé que podríamos estar juntas para siempre. Ahora, la realidad me golpea con zarpa de fiera. No he sido más que un capítulo pasajero en su historia. Su futuro está lejos de mí, con ese hombre. Y una parte de mi corazón permanecerá para siempre entre las arenas del desierto.

Capítulo 12

Istar

Apenas he podido pegar ojo en toda la noche. Un duermevela continuo, un recuerdo constante del dolor en su rostro cuando Farouk anunció que era mi prometido. El sufrimiento en sus ojos me atravesó el alma como una daga.

No puedo culparla por no responder a mis mensajes o incluso por no abrirme la puerta de su caravana. Supongo que yo habría hecho lo mismo… o quizá algo mucho peor. Aun así, debo explicárselo y esperar que lo entienda. Aquí, las cosas no funcionan como en su país.

En cuanto los primeros rayos del alba se abren paso sobre las dunas, me planto ante su caravana, debatiéndome si llamar a la puerta a una hora tan temprana, pero no puedo más. No lo soporto. De algún modo, me siento culpable. Supongo que para ella no soy más que otra mujer que la ha engañado y traicionado. Otra relación destrozada por las mentiras.

Respiro hondo, llamando a la puerta con cautela.

Silencio.

Llamo de nuevo y, tras lo que parece una eternidad, la cerradura se abre con un chasquido. Victoria aparece con los ojos enrojecidos, sus brazos cruzados sobre el pecho.

—¿Puedo pasar? —pregunto nerviosa.

Aprieta los labios, como si estuviese meditando su decisión. Durante un angustioso instante, temo que no me lo permita, pero, entonces, da un paso atrás y deja el espacio suficiente para que me cuele entre ella y la puerta, accediendo la caravana.

El interior, normalmente muy ordenado, parece haber sufrido las secuelas de un huracán. Sus pertenencias están esparcidas por todas partes, las sillas tiradas, dos lámparas hechas añicos en el suelo. No se merecía este dolor.

Me siento en la cama. El edredón sobre la mesita y la sábana enmarañada. Victoria se apoya en la pared frente a mí, sus ojos rojos de haber llorado, aunque penetrantes.

—Por favor, deja que te explique…

—¿Serviría de algo? —interrumpe. Estalla antes de que pueda seguir hablando.

Se pasa las manos por el pelo y pasea nerviosa por la estrecha caravana, como si fuese una fiera enjaulada.

—¡Confiaba en ti, joder! —chilla, sobresaltándome—. Creí que lo nuestro era real. Estaba enamorada y me has mentido todo este tiempo. A mí y a tu futuro marido. Engañándonos a los dos mientras te faltaban unos meses para casarte.

—Victoria, no es lo que crees…

—¿No? Pues a mí me parece que está muy claro. ¿Qué he sido para ti? ¿Algo exótico con lo que entretenerte? En plan… ¿Vamos a follarnos a una actriz americana para pasar el rato? ¿Eso es lo que he sido? ¿Sexo? ¿Una aventura antes de volver a tu vida?

—Por favor, deja que te explique —repito, mi voz solamente un susurro.

—¡Es que no entiendo por qué te molestas en negarlo, joder! —insiste, alzando la voz y pegando una patada a una de las sillas que rueda por el suelo—. Podrías haberte ahorrado todo esto, ¿sabes? Si me dices desde el primer día que solo quieres follar, puede que hubiese aceptado. Pero, no, tenías que complicarlo mucho más, hacerme creer que sentías algo por mí. ¿Me lo ibas a decir al menos o pretendías que me marchase a Estados Unidos pensando que había algo entre nosotras?

—Lo hay, al menos por mi parte —interrumpo.

—¿Qué hay, Istar? ¿Sexo? ¿Lo sabe ya tu futuro marido? Porque no creo que le haga mucha gracia, ¿verdad? ¿Ya se lo has dicho? Anoche llegué incluso a pensar que ojalá me hubiese muerto en el desierto, pero ¿sabes qué? No mereces la pena, eres lo más sucio y rastrero que me puedo imaginar. Nunca, en todos los días de mi vida, pensé que serías capaz de hacer algo así. Supongo que la vida te da sorpresas, ¿no? —pregunta en tono irónico, desviando la mirada para no encontrarse con mis ojos.

—¿Puedes escucharme? —corto, alzando la voz.

Victoria se queda en silencio, sorprendida. Creo que es la primera vez que me oye gritar y no se lo esperaba.

—Nada entre nosotras es falso. Es más real que nada en mi vida —le aseguro.

—¿Por eso te vas a casar con un hombre?

—No me voy a casar con ningún hombre, Farouk es tan solo una tapadera para evitar problemas. Me hace un gran favor presentándose como mi prometido y así mantiene la atención lejos de mi sexualidad —le explico.

Victoria me observa extrañada, pero al menos ha dejado de gritar. También de moverse de un lado a otro en la caravana. Se queda quieta, frente a mí.

—Piénsalo detenidamente, Victoria. ¿Se te ocurre algo mejor para evitar problemas?

Se lleva una mano a la boca, es como si pretendiese hablar y se le escapasen las palabras, pero parece que mi explicación está calando en su mente.

—¿Lo…lo dices en serio?

—Por supuesto que lo digo en serio —suspiro—. Fue todo tan rápido que ni siquiera tuve tiempo para avisarte. Lo siento.

—Me habrías ahorrado mucho dolor —masculla.

—También a mí misma —reconozco—. Tuve que actuar con mucha urgencia, el peligro potencial era muy grande.

Antes de que pueda continuar, se arrodilla frente a mí, cogiendo mis manos entre las suyas para besarlas y una lágrima solitaria rueda por su mejilla como un diminuto diamante.

—Vaya par de idiotas —murmura antes de besar mis labios.

—Sí, estoy de acuerdo. Y hay algo más que debes saber —anuncio.

—¿Me vas a invitar a la boda?

—No seas tonta, hablo en serio. Mi hermano ha estado investigando discretamente junto a gran parte de los trabajadores de origen árabe y sabemos quién ha sido.

—¿El que filtró la noticia?

—Sí.

Al escuchar mi afirmación, Victoria se tensa y aprieta la mandíbula.

—Está seguro de que fue Eric, tu compañero de reparto —le indico.

—Ese puto cabrón. Tenía que ser él. Esa víbora me la tiene jurada desde el primer día de grabación —ladra haciendo una mueca de desdén.

—Es un envidioso.

—Le odio, Istar. Nunca he tenido un protagonista masculino tan horrible. Ha hecho que cada escena junto a él se convierta en un castigo —protesta.

—A mí se me revuelve el estómago cada vez que le besas, *habibti* —confieso, acariciando su melena entre los dedos.

—Créeme, para mí es aún peor. Su aliento siempre apesta a café y cigarrillos. Estoy convencida de que ni siquiera se lava los dientes —se queja, poniendo los ojos en blanco.

Al escuchar sus palabras no puedo evitar reírme. Ella también sonríe, acariciando mi mejilla con ternura.

—El beso que me dio en la primera toma fue el peor de toda mi carrera, y mira que he tenido que dar besos. Juro que intentó meterme la lengua hasta el fondo de la garganta —bromea entre risas.

—¡Qué asco!

—Es parte de la profesión. Normalmente, no es así, y la gente se lava los dientes o usa algo para el aliento. Y claro, luego llegaste tú, con tus maravillosos besos, y no lo tuviste muy difícil para conquistarme.

—¿Me estás diciendo que solo beso bien por comparación con ese idiota? —protesto, llevándome una mano al corazón de manera dramática y fingiendo estar muy ofendida.

—Ven aquí, déjame comprobarlo —susurra Victoria, cogiendo mi mano y tirando de mí hasta besar mis labios.

—¿Cuál es el veredicto?

—Mucho mejor —confiesa antes de volver a besarme.

Sonríe, y cuando nuestros labios se encuentran de nuevo, recorre mi espalda con suavidad, sin prisas. La desliza a continuación por debajo de mi túnica y me estremezco al sentir la punta de sus dedos en mis muslos, rozando mi piel desnuda.

—Te necesito —suspira contra mi boca—. Ayúdame a olvidar todo lo que hay más allá de esta caravana.

Una minúscula traza de tristeza se percibe aún en su voz, pero el siguiente beso, la caricia que le sigue, consiguen llevarme al paraíso. Me desnuda con lentitud, como si pretendiese admirar cada parte de mi cuerpo y siento el aire acondicionado sobre mis pechos. Se quita el pijama sin dejar de mirarme a los ojos y exhala mi nombre en cuanto mi lengua recorre uno de sus pezones.

Nos desplomamos sobre la cama deshecha y, si quería que el mundo exterior desapareciese durante unos instantes, desde luego que lo ha conseguido.

Besa mi mandíbula al tiempo que deslizo una mano entre sus piernas y un gemido electrizante se escapa de su garganta al llegar a su sexo.

—Por favor —sisea, sus dedos enredados en mi melena.

Sonrío contra la suave piel de su pecho al tiempo que lamo el pezón, disfrutando demasiado esta dulce tortura como para apresurarme.

Por fin, comienzo a bajar, besando alrededor de su ombligo y, cuando mi lengua llega a su sexo, Victoria despega la espalda del colchón, cerrando los puños sobre las sábanas con un largo gemido.

Nos perdemos en una pasión primaria, urgente. Creo que ambas lo necesitábamos después del disgusto del día anterior, y cada vez que gime mi nombre es la música más maravillosa jamás escuchada.

No sé el tiempo que pasamos haciendo el amor, tampoco nuestro nivel de ruido. Por primera vez, no nos molestamos en disimular, esperando que sea demasiado pronto y la caravana esté lo suficientemente aislada como para que no nos escuchen.

Y si nuestro sexo fue bueno, sus caricias, mientras apoya la cabeza en mi pecho y traza dibujos sin sentido sobre mi vientre, son maravillosas.

—Supongo que tu hermano estará muy enfadado con Eric —murmura mordiendo uno de mis pezones entre sus labios.

—No te puedes hacer una idea de cuánto. Todos los empleados de origen árabe estaban ya muy enfadados con él. Nos trata como si fuésemos inferiores. Esto tan solo ha sido la gota que colmó el vaso. Le dejarán terminar la película, pero no me gustaría estar en su piel el último día del rodaje —anuncio, acariciando su sien.

—Hay mejores formas —tercia levantando la cabeza para mirarme a los ojos—. Puede que el artículo diga que estoy en el ocaso de mi carrera, pero todavía mantengo muy buenos contactos. Y John no bromeaba cuando anunció que se encargaría personalmente de que esa persona no vuelva a trabajar en Hollywood. La inversión de los productores es muy fuerte y ese imbécil ha puesto en peligro toda la grabación. Con el pan del equipo no se juega, eso es una regla sagrada.

—No estoy segura de poder evitar algo de violencia —me disculpo—. Creo que se lo tiene bien merecido.

—Tendrá suerte si le contratan para hacer algún anuncio de televisión. Ya se puede olvidar de la industria del cine —asegura Victoria antes de apoyar de nuevo la cabeza sobre mi pecho con un ronroneo que me hace estremecer.

—¿En qué piensas? —pregunto tras un rato.

—En lo perdidamente enamorada que empiezo a estar de ti —responde con una preciosa sonrisa.

Me abraza, apretándome contra su cuerpo antes de cubrirnos con la sábana y acurrucarse junto a mí. Coloca la cabeza en la almohada y, simplemente, nos miramos. No necesitamos las palabras, en momentos así, los ojos lo dicen todo.

—¿Me cuentas una historia? —susurra de pronto.

—¿Necesitas un cuento para dormir como una niña pequeña?

—Echo de menos las leyendas de tu tierra —admite.

Meneo la cabeza divertida mientras rebusco entre la multitud de historias contadas frente a una hoguera cuando era niña, hasta que encuentro una que se ajusta a lo que acabamos de vivir.

—Hace muchos siglos, cuando los vientos del desierto aún soplaban jóvenes e indómitos, vivía un poderoso *Djinn* llamado Kasib. Era temido, pero también generoso con las tribus Bedawi que se adentraban en sus dominios —comienzo.

Los ojos de Victoria se abren de par en par al escucharme y me maravillan las ganas de aprender que conserva.

—Kasib tenía un palacio lleno de riquezas y era conocido por todas las tribus nómadas. Dos jóvenes hermanos viajaron durante cuarenta días y cuarenta noches a través del desierto hasta llegar a ese palacio. El hermano mayor se llamaba Jibril, que significa "fuerza" y era un poderoso guerrero. El menor se llamaba Farid y era listo e ingenioso, el orgullo de su tribu.

—Me encanta la cara de concentración que pones al contar las historias —bromea Victoria.

Le hago un gesto para que no me interrumpa, colocando dos dedos sobre sus labios y continúo donde lo dejé.

—El *Djinn* les recibió con amabilidad, pues observó que estaban muy cansados y durante varios días, vivieron en su palacio. Sin embargo, Jibril tuvo envidia de su hermano. Su fuerza y destreza con las armas de nada servían en comparación con un *Djinn*. En cambio, la inteligencia del hermano menor se ganó pronto la amistad del poderoso espíritu. Una noche, loco de envidia, Jibril mató a su hermano y lo enterró junto a una palmera.

—Joder —suspira Victoria.

—¡Calla! —protesto—. Al amanecer, fingiendo angustia, le dijo al *Djinn* que su hermano había desaparecido. Por supuesto, no consiguió engañarle y Kasib montó en cólera. "Has traicionado mi hospitalidad y derramado tu propia sangre" bramó y su voz se escuchó en todo el desierto. "Por tu envidia, permanecerás sepultado bajo este palacio que tanto ansías" añadió.

—¿Otra tormenta de arena?

—Eres idiota, de verdad. No hay manera de contar una historia contigo —me quejo, pegándole un cariñoso puñetazo en el hombro—. Con un rugido como el de un huracán, el desierto se abrió y el cuerpo de Jibril quedó sepultado bajo las dunas. El palacio del *Djinn* se desvaneció y no se le volvió a ver más. Solo quedan los rumores sobre los gritos de angustia del envidioso Jibril que resuenan por las noches en algún lugar bajo las arenas del desierto.

Capítulo 13

Istar

—Tiene que haber algún modo de hacer que funcione — suspira Victoria, su voz quebrada.

Las horas que nos quedan juntas son como el espejismo de un oasis en medio de las dunas quemadas por el sol, a punto de desaparecer en la bruma de la memoria.

Pasaremos una última noche juntas. Un final agridulce, angustioso. Al amanecer, la mujer que amo regresará a su país, lejos del desierto, lejos de mí. Dejando tan solo el recuerdo de su piel desnuda.

Permanecemos sentadas frente al fuego, en silencio. Desde la otra parte del campamento, las canciones de mi pueblo resuenan alegres. Los amigos de mi hermano hacen sonar el Tabl, el Riqq, el Oud. La grabación ha llegado a su fin y es un momento de celebración, pero para mí, es tan solo un eco lejano, ajeno a la angustia en mi corazón.

Trato de aferrarme a esta última noche con todas mis fuerzas, porque sé que, cuando Victoria suba a ese avión, se llevará consigo mi felicidad.

Los últimos rayos de sol pintan las dunas de un color ocre quemado. En el horizonte, la débil silueta de una caravana de camellos me recuerda que, aunque los viajes puedan llegar a su fin, la vida siempre continúa, por triste que sea separarse de Victoria.

Apartadas del resto, sus suaves dedos se entrelazan con los míos. No hay palabras que puedan mitigar el dolor. Mañana a estas horas estaré sola, bajo las estrellas del desierto, aferrándome a su recuerdo como a un salvavidas.

—Una estrella fugaz —Victoria rompe el silencio media hora más tarde, señalando hacia el cielo.

Solamente sonrío. No digo nada, pero creo que la lágrima que me apresuro a secar habla más que mil palabras.

—El día que te conocí, cuando regresábamos al campamento, vimos una estrella fugaz, ¿te acuerdas? Me dijiste que pidiese un deseo y pedí conocerte mejor.

—Creo que lo que me gustaría pedir ahora mismo no se va a cumplir, así que de poco importa —confieso intentando que mi voz no se quiebre.

—Ven conmigo a Los Ángeles —susurra.

Es de nuevo un intento a ciegas, desesperado. Llevamos dos semanas hablándolo, buscando un hilo de esperanza, algún modo de mantener nuestras vidas entrelazadas cuando en realidad nos separa un abismo.

Cierro los ojos y siento que el sueño se rompe. ¿Cómo puedo hacerle entender que no hay esperanza? Es inútil. Mi mundo son las arenas del desierto, abandonarlas sería como renunciar a mi propio ser. Y su mundo… su mundo de brillantes ilusiones no tiene cabida entre el adusto pueblo Bedawi.

Mis manos tiemblan por el esfuerzo de no apartar las lágrimas que ruedan por sus mejillas. Quiero consolarla como he hecho tantas veces, pero sé que, si la toco de nuevo, me fallarán las fuerzas. Me derrumbaré, le rogaré que se quede, que abandone su vida por mí y no puedo ser tan egoísta.

En silencio, cojo sus manos entre las mías y acaricio sus nudillos, tratando de memorizar para siempre cada línea, cada contorno. Tras esta noche, Victoria tan solo vivirá en el amargo abrazo de la memoria. Maldigo al cruel destino: entregarme a esta mujer para luego separarnos ha sido demasiado doloroso.

—Creo que tenemos que ir a la fiesta de despedida —suspiro, desviando la mirada para que no me vea llorar. Ojalá pudiésemos quedarnos aquí toda la noche. A solas, juntas bajo la mirada indiferente de las estrellas.

Al acercarnos a la gran carpa se escucha el sonido de las risas y la música, un marcado contraste con el dolor en mi corazón. Esta noche, el equipo de rodaje celebra la actuación estelar de Victoria. John da saltos de alegría de un sitio a otro, abrazando a la gente como si hiciese años que no los ve, seguramente ya con varias copas de más. Yo me mantengo al margen. No hay motivo de celebración para mí.

Victoria está deslumbrante. Parece brillar recibiendo felicitaciones y amables palabras. Este es su reino: el glamur de Hollywood, donde su espíritu vuela libre. Su sonrisa podría rivalizar con el sol del desierto, ilumina la sala entera cuando el equipo irrumpe en aplausos y vítores, brindando por el futuro éxito de la película.

No puedo ser yo quien apague su luz, aunque mi corazón se haga añicos. Se marchitaría en mi mundo.

Supongo que, a veces, el precio de amar de verdad a alguien es dejarle ir.

***

—Quizá podría pasar la mitad del año aquí contigo, en el desierto —propone de camino al aeropuerto—. Podría aceptar menos proyectos y pasar varios meses juntas.

Sus palabras me atraviesan el alma. ¿Cuántas veces he soñado con eso? Días en el desierto para nosotras, cabalgando libres por las dunas o relajándonos en algún oasis perdido. Pero sé que es tan solo una fantasía a la que no me puedo aferrar o nos destruirá a las dos.

—Aquí te marchitarías, *habibti*. No puedes renunciar a tu carrera —suspiro deslizando la punta de mis dedos por su mandíbula.

Victoria se inclina hacia mí, como si quisiera imprimir mi tacto en su piel y el corazón se me parte en mil pedazos.

—Dijiste que vives en una gran mansión en las afueras de Los Ángeles, ¿verdad? Me contaste que tienes una gran extensión de tierra y varios caballos. Quiero que te lleves a mi yegua blanca cuando… —me detengo y ahora sí dejo brotar las lágrimas de mis ojos—. Para el pueblo Bedawi su caballo árabe es su bien más preciado. Quiero que la tengas tú, cada vez que galopes con ella será como estar a mi lado—agrego, secándome las lágrimas con la palma de la mano.

Rota, entierra la cara en mi hombro entre sollozos ahogados. Y, cada uno de ellos, se clava en mi corazón como una afilada daga. Duele como si me desgarrasen la carne de los huesos.

El bullicio del aeropuerto alimenta mi pánico a perderla para siempre y debo hacer un esfuerzo supremo para contener las lágrimas.

—Vuela a Los Ángeles conmigo —suplica antes de separarnos—. Aunque sea solo por un tiempo. Buscaremos alguna solución que pueda funcionar, te lo juro. La encontraremos.

Su voz se quiebra. Sus ojos buscan algún resquicio de esperanza, una grieta en mi determinación, y yo siento que me rompo por dentro.

—Tengo un nuevo contrato que atender —miento—. Un grupo de ingleses que llega dentro de un par de días.

Su respiración se entrecorta en un sollozo reprimido que me atraviesa el alma. Parpadea rápidamente, conteniendo las lágrimas por pura fuerza de voluntad. No puede dejar que la vean llorar en esta despedida. Debe actuar una vez más. La angustia se queda en nuestro corazón.

La última llamada de embarque resuena por los altavoces como una sentencia de muerte. Da un paso hacia mí, pero se reprime de inmediato. Por mucho que lo deseemos se nos niega un último beso de despedida.

No dice nada. Tan solo un rápido gesto, una sonrisa forzada, un corazón roto.

Permanezco inmóvil mucho después de que Victoria desaparezca de mi vista. La imagen de su rostro devastado por el dolor grabada a fuego en mi mente.

—Eres realmente estúpida, lo sabes, ¿verdad? —susurra mi hermano, acercándose a mí.

—¿Qué otra cosa podría hacer?

—Estas últimas semanas has sido realmente feliz junto a ella y la has dejado marchar. Esa mujer es el amor que tu alma ha estado esperando todos estos años, Istar. Y lo peor de todo es que sabes que es cierto —agrega, negando lentamente con la cabeza.

—Nuestros mundos son demasiado distintos. No puedo pedirle que renuncie a su vida, al igual que ella no puede pedirme que renuncie el desierto y a mis costumbres. El destino es a veces demasiado cruel —suspiro, mordiéndome el interior del labio para no llorar.

—Pero tú has elegido por ella —agrega antes de darse media vuelta y dirigirse a la salida.

Sus palabras me golpean como si me cayese encima una gran roca. Al tratar de proteger a Victoria nos he causado a ambas un dolor insoportable. Un dolor que me perseguirá el resto de mi vida. La angustia de saber que acabo de renunciar al verdadero amor.

Porque sé que mi corazón se aleja con ella. Pronto estará a miles y miles de kilómetros de mí. Su memoria será un eco persistente que se desvanecerá un poco más cada día… hasta que solo queden el silencio y la soledad.

Capítulo 14

Victoria

Me estiro en la cama de manera perezosa. Incómoda. Miro a través de la ventana, pero el cielo nocturno que se observa desde mi mansión en las afueras de Los Ángeles, nada tiene que ver con el del desierto. Las estrellas no brillan. Es como si les faltase la energía. En el fondo, a mí me ocurre igual que a ellas.

El lujoso colchón acuna mi cuerpo, pero el edredón de pluma de ganso no se siente igual que la manta de lana que Istar me ofrecía cada noche.

Incapaz de conciliar el sueño, me levanto y recorro con la mirada el elegante mobiliario. Antes me parecía un privilegio, una recompensa ganada con esfuerzo. Una especie de trofeo que demostraba al resto mi valía como actriz. Ahora, todo este lujo se siente vacío, su sola presencia no hace más que acrecentar el dolor que siento dentro de mí.

Me abrazo a mí misma, añorando el aroma de la madera quemada mientras Istar me contaba las historias de su pueblo, transmitidas de generación en generación desde tiempos lejanos.

Tras los enormes ventanales, la luna se alza orgullosa sobre las colinas, bañando con su luz el cuidado césped de la finca. Y, pese a su considerable extensión, parece un espacio minúsculo en comparación con las vastas dunas que me saludaban cada amanecer.

Me asomo al balcón y lo único que se escucha es el débil zumbido de los coches surcando la autopista a kilómetros de distancia. No hay ni rastro del aullido del viento, de los bramidos de los camellos, de los gritos de los chacales en la lejanía. Tampoco se escucha el canto del muecín llamando a la oración antes del alba.

Pero lo que más echo de menos es a Istar. Su tranquilidad, su piel desnuda. Las palabras de amor susurradas al oído.

Cuando llegué a Egipto, en el avión, un extraño que se sentaba a mi lado dijo que el desierto me cambiaría. Ahora me doy cuenta de lo cierto de sus palabras. El desierto se ha incrustado en mi alma, me ha transformado para siempre.

Al día siguiente, observo con desgana el vestido que tengo frente a mí. Me toca esbozar una sonrisa falsa, interpretar el papel de estrella despreocupada en la *premiere* de la película. Y, mientras me visto, imagino a Istar enfundándose su cómoda túnica o cruzando las dunas a lomos de Jadir bajo el rosado atardecer.

Sus sencillos rituales la enraízan en su rica cultura, mientras yo me encuentro a la deriva, sin saber realmente quién soy, preparándome para desfilar una vez más ante las cámaras en una farsa que he repetido mil veces.

Ya en la gala, la gente ríe y se besa con una familiaridad fingida para luego criticarse en cuanto se alejan. Poso de manera mecánica. En todas las fotos me verás sonreír, pero me rompo por dentro. Mi mente ni siquiera está aquí, vaga por las dunas azotadas por el viento junto a Istar. Nunca me he sentido tan sola entre la multitud.

El parloteo constante me agobia. Es un lenguaje ajeno con el que ya no quiero nada. Toda esta gente, sus prioridades superficiales. Antes les consideraba casi como mi familia. Ojalá Istar estuviese aquí.

—Aquí está mi estrella —grita John, que está disfrutando como un niño pequeño.

Lo de su estrella, en singular, tiene sentido. El protagonista masculino no ha sido invitado a la *premiere*. Se ha disculpado por problemas de agenda, aunque todos sabemos la verdadera razón.

Las luces del cine se atenúan y comienza la película. Su proyección me transporta al desierto. Al agobiante calor durante el día, al cielo nocturno repleto de estrellas, a su extensión, su color. Doy gracias de que mis lágrimas de tristeza y añoranza se confundan con la alegría del estreno.

El champán corre a raudales en la fiesta que sigue a la premiere.

—Por Victoria Iverson y su brillante actuación —brinda John, levantando una vez más su copa.

Ya he perdido la cuenta de las veces que ha propuesto el mismo brindis y cada vez alarga más las sílabas al hacerlo.

Cuatro horas más tarde, sola en mi dormitorio, hago una videollamada con Istar. Las diez horas de diferencia nos vienen muy bien. Yo soy un ave nocturna, mientras que a ella le gusta madrugar.

—Necesitaba ver tu sonrisa —saludo.

—Sabes que hablar contigo es el mejor modo de comenzar el día.

—Ojalá hubieses podido estar en la *premiere* —suspiro—. Te he echado mucho de menos.

—Yo a ti también, *habibti* —bosteza mientras se sirve un té.

Como una tonta, deslizo la punta de los dedos por la pantalla del ordenador, imaginando que acaricio su mejilla.

—El estreno ha sido un éxito. John está encantado, se empeña en que deberían darme un Óscar —bromeo.

Sus ojos se humedecen al abrir un vídeo que le he enviado de su yegua blanca. Galopa feliz por mi propiedad junto a uno de mis caballos.

—Está engordando mucho, necesita más ejercicio —protesta mientras la yegua corre como una ráfaga de viento, levantando orgullosa la cola, que ondea como una bandera.

Mientras hablamos, recibo varios mensajes de mi agente, recordándome que debo aprovechar el momento para elegir un proyecto con mucho presupuesto. Una superproducción, como a ella le gusta decir. Yo no tengo fuerzas ni para mirar guiones.

Tras colgar con Istar, las lágrimas apenas me permiten leer los continuos mensajes de Nadine.

Nadine: eres la it girl del momento, pero los focos de Hollywood cambian demasiado rápido, ya lo sabes. Ahora mismo incluso podrías elegir protagonista.

Yo: mi protagonista se ha quedado en el desierto, muy lejos de aquí.

Nadine: pareces una niña de quince años. Quítate a esa chica de la cabeza. Por cierto, una estrella del pop muy famosa me ha preguntado por ti, quiere conocerte y está soltera.

Yo: me voy a dormir, Nadine. Hasta mañana.

***

A día siguiente, Afra se presenta sin avisar. Es mi mejor amiga desde hace años. Quizá la única que me entiende de verdad a este lado del océano.

—Me preocupas —suspira mientras me entrega el desayuno que ha comprado de camino a mi casa.

Trato de desviar la conversación hacia temas menos comprometedores para mí; sus hijos, sus clases de yoga o los últimos cotilleos de los famosos, pero su mirada inquisitiva regresa una y otra vez.

—No me digas que estás bien cuando las dos sabemos que es mentira. Y esto no es solo que eches de menos a esa chica. Tienes una depresión de caballo —afirma, alzando las cejas e inclinándose para acariciar mi brazo izquierdo.

Y, de repente, no puedo más. Me rompo, la fingida compostura se desmorona y los sentimientos reprimidos salen a borbotones en forma de lágrimas.

—Cariño —sisea Afra, cogiendo mi mano entre las suyas y apretándola con fuerza—. Sí que te ha dado fuerte esta vez. Cuando me decías que estabas muy enamorada no pensé que sería para tanto.

—Lo peor es que sé que no hay forma de seguir adelante —admito, secándome las lágrimas con la palma de la mano—. Los últimos días a su lado fueron maravillosos, toda mi vida tenía sentido. Ahora… ahora me siento vacía.

—Hace solo unos meses este era tu mundo. Sé que afirmas que el desierto te ha cambiado, pero no tires tu vida por la borda de manera imprudente —advierte mientras me abraza.

—No puedo más, Afra. Lo único que alivia mi dolor es hablar con ella.

—¿Por qué no la sorprendes con una visita? —propone de pronto—. Plántate allí sin avisar, al estilo de las novelas románticas. Quizá necesites la colaboración de su hermano para asegurarte de no se marcha a algún sitio justo esos días.

—¿De qué serviría? No puedo abandonar mi carrera y mudarme al desierto de manera indefinida —confieso.

—Nadie ha dicho que sea para siempre, pero si quieres que esto funcione ambas debéis hacer sacrificios. Pasa unos días con ella y luego ya decidiréis juntas los siguientes pasos —expone, abriendo las manos.

—No lo sé, quizá tan solo empeoraría las cosas.

—¿No te apetece volver a dormir a su lado? ¿Escuchar sus historias frente al fuego? ¿Volver a ver ese desierto que tanto añoras? —insiste.

—Sabes que sí. Y también sabes que cuando deba regresar me dolerá el doble.

—Bobadas, empecemos a planear tu gran gesto romántico.

***

Dos días más tarde, estoy ya sentada en el avión, a punto de apagar el teléfono cuando entra una llamada. Me planteo dejar que salte el buzón de voz, pero sé que Nadine no se dará por vencida y cuando aterrice en Egipto tendré cien llamadas esperando.

—¡Victoria! —su tono me indica que ya se ha enterado de mis planes—. Por favor, dime que no es verdad eso de que te vas a Egipto a perseguir a tu aventura beduina.

—No es ninguna aventura y tiene nombre, sabes bien que se llama Istar —me irrita su tono cada vez que habla de ella.

—Vale, muy bien, lo entiendo. Supongo que fue todo muy bohemio y muy romántico, pero es hora de volver a la realidad.

—Esta es mi realidad —le explico—. No espero que estés de acuerdo, pero significaría mucho para mí si al menos no te pones en contra. ¿Podrías apoyarme?

—¿Apoyarte a tirar tu carrera por la borda? Tengo una docena de guiones esperando a que te decidas y te largas al desierto como una adolescente enamorada. Por el amor del cielo, Vic, que tienes cuarenta años —se queja antes de que le cuelgue el teléfono.

Me pellizco el puente de la nariz mientras el avión comienza a moverse. No podré estar en Egipto más de una semana, debo iniciar la promoción de la película. Sé también que debo sentarme con Nadine a estudiar esos guiones, no siempre tengo la oportunidad de elegir. Pero eso será más tarde, cuando regrese a Los Ángeles. Esta semana, todo mi corazón le pertenece a Istar.

—Viaja a Egipto por trabajo o por turismo —pregunta el hombre de negocios que se sienta a mi lado sin reconocerme.

Afra siempre dice que tengo que utilizar más los aviones privados. Ni siquiera en primera clase te dejan ya estar tranquila, sin entablar una conversación innecesaria.

—Quiero sorprender a alguien especial —admito.

El hombre se afloja la corbata y me observa sorprendido.

—¿Ha visitado alguna vez el desierto? —pregunto sin saber muy bien por qué.

—La verdad es que no. No pienso salir de mi hotel de lujo en El Cairo más de lo estrictamente necesario —responde como si le acabase de preguntar una estupidez.

—Los paisajes son impresionantes; olas de arena dorada más allá de donde alcanza la vista, formaciones rocosas esculpidas por el viento. Un manto de estrellas tan denso que sientes que puedes estirar la mano y acariciarlas.

El hombre asiente lentamente con la cabeza, sin mirarme, demasiado concentrado en encontrar rápidamente una película en la pantalla frente a su asiento. Seguramente, arrepintiéndose de haber preguntado.

—Poseen una rica cultura. El pueblo Bedawi ha sabido conservar sus tradiciones ancestrales, repletas de sabiduría y leyendas —continúo.

—Un momento, usted es Victoria Iverson, ¿verdad? He leído que va a estrenar una nueva película. ¿Puedo hacerme una foto para mi hija? —interrumpe, sacando su teléfono móvil e ignorando lo que le estoy diciendo.

—¿Qué le trae a Egipto? —pregunto con amabilidad tras hacernos las fotos, en vista de que no muestra ningún interés en lo que le cuento.

Sonríe, parece aliviado por el giro en la conversación. Parlotea incansable sobre su negocio de consultoría. Yo asiento con la cabeza, soñando que atravieso las dunas junto a Istar a lomos del veloz Jadir.

El desierto me espera, y con él, la única persona por la que late mi corazón.

Capítulo 15

Istar

—¿Qué te preocupa, hermano? —pregunto, observando que Omar está especialmente callado esta mañana.

Al escuchar mis palabras, su expresión cambia y una extraña sonrisa se dibuja en su rostro.

—¿Qué me preocupa? Eres tú quien debería estar preocupada. Y mucho —responde en modo críptico.

Vuelve a quedarse en silencio, su mirada perdida en la luz dorada de la mañana que empieza a bañar las dunas.

—¿Por qué debería estarlo?

—No quería decirte nada todavía, pero este año vas a perder la carrera anual de dromedarios de esta zona del Sinaí —deja caer de manera distraída.

—Jadir la ha ganado en los últimos cinco años.

—Todo llega a su fin.

—¿Y quién será más veloz? —pregunto curiosa.

—Yo.

—¿Tú? No me hagas reír. No creo que te permitan participar con un Jeep —bromeo, poniendo los ojos en blanco de manera dramática—. Eres uno de los peores jinetes que conozco. No te ofendas, pero eso no es lo tuyo.

—Yo solo te digo que Jadir ya no es el dromedario más rápido de esta zona del desierto —concluye.

—¿Puedes hablar claro y dejar de dar rodeos? —protesto impaciente.

—Nuestro primo Rasheed acaba de comprar un dromedario del valle del Nilo. Ha derrotado sin problema a los ejemplares más veloces —anuncia encogiéndose de hombros.

—Sí, claro, Rasheed, tu compañero de travesuras desde que erais unos niños. No sé quién de los dos es más idiota o exagerado —me quejo, chasqueando la lengua.

Omar no responde, simplemente vuelve a encogerse de hombros y pega patadas distraídas a una piedra. Yo, por mi parte, empiezo a estar muy enfadada con la situación.

—Mira, si quieres te lo demuestro esta misma tarde y te ahorras la vergüenza de perder en una carrera oficial —espeta de pronto—. Ocho kilómetros.

—Que sean quince —propongo, sabiendo que Jadir no solo es rápido sino también muy resistente.

—Si gano no te presentas a la carrera anual de las tribus.

—Eso no va a pasar —respondo enfadada.

Esa tarde, un murmullo de expectación recorre la aldea. Todos los clanes familiares se agolpan en el punto de salida. Los más pequeños se asoman entre las piernas de los adultos, observando a Jadir engalanado con una silla con motivos geométricos en rojo y dorado. Las correas de cuero que la sujetan a su cuerpo llevan amuletos de metal, grabados con bendiciones para aumentar la velocidad y la resistencia, que tintinean cada vez que menea la cabeza.

—Demuéstrales que puedes correr más veloz que el viento —le susurro, inclinándome sobre su fuerte cuello.

Eriza las orejas al escuchar mi voz y se balancea impaciente en su sitio, su fuerza contenida, el pelaje casi blanco brillando al sol.

Al poco rato aparece Omar a lomos de un enorme dromedario negro. Pisa la arena con impaciencia, asustando a unos niños, sin importarle los intentos de mi hermano por calmarle. Es pura fuerza, pero sin espíritu para una carrera.

En cuanto se da la salida, Jadir vuela veloz como un halcón sobre la tierra quemada. Su espíritu competitivo se funde con el mío. Devora kilómetro tras kilómetro y debo mirar hacia atrás para asegurarme de que mi hermano ha comenzado la carrera y no estoy corriendo yo sola.

A medida que nos acercamos al final, la multitud se agolpa, gritando y alzando los brazos.

Como esperaba, llegamos a la meta mucho antes que Omar y su pesado dromedario. Desde luego, si ese animal ha ganado alguna carrera en su vida ha sido tan solo en la imaginación de mi primo Rasheed.

—Bravo, Jadir, eres el auténtico príncipe del desierto. Has estado magnífico —susurro acariciando su cuello.

En cuanto Omar cruza por fin la meta, jadeante y derrotado, me siento erguida en la silla y alzo el puño en señal de triunfo.

—¿De verdad pensabas que podrías ganarme? —pregunto confusa.

Omar solamente sonríe y se encoge de hombros, aunque mientras regresamos a ritmo lento para que los dromedarios se recuperen, sugiere hacer un pequeño desvío y descansar en un oasis cercano.

Sin querer, mi mente vuela a la noche que pasé con Victoria en ese mismo lugar, cuando hicimos el amor por primera vez. Dejo escapar un largo suspiro que no sabía que estaba conteniendo. Su ausencia está acabando con mi vida.

Asiento lentamente con la cabeza, deseosa de refrescar mi sudor con el agua fría del oasis y descansar unos instantes a la sombra, pero, al rodear una de las dunas, detengo a Jadir en seco.

—¿Qué es eso? —pregunto sorprendida, señalando con el dedo hacia el oasis.

—Una jaima.

—Eso ya lo veo, Omar. ¿Qué hace aquí una jaima? Nunca viene nadie —aclaro.

Omar no parece inmutarse, pero yo no salgo de mi asombro. Acurrucada entre las palmeras, se alza una jaima de un tamaño más que considerable. Desconcertada, me vuelvo hacia Omar.

—¡Vámonos de aquí! —propongo.

—No —se apresura a responder—. Veamos quién la ha montado —agrega, dejándome aún más confusa.

Pero antes de que pueda decir una sola palabra, mi corazón hace un salto mortal. Se agita dentro de mi pecho como un potrillo asustado, intentando comprender lo que veo con mis propios ojos.

Capítulo 16

Istar

—¿*Habibti*? —suspiro, mis ojos nublados por las lágrimas.

Victoria corre hacia mí y me bajo de Jadir todo lo rápido de lo que soy capaz para fundirnos en un larguísimo abrazo.

—¿Cómo…cómo es posible? —tartamudeo, todavía aturdida.

—No podía aguantar más —admite besando mi frente—. Omar me ayudó a planear la sorpresa.

—Ya me parecía muy raro todo esto. Ese pobre animal no ha participado en una carrera en toda su vida —bromeo, meneando la cabeza mientras Victoria seca mis lágrimas con la palma de la mano.

Omar nos observa divertido, su cuerpo apoyado contra una palmera con aire despreocupado y una enorme sonrisa de satisfacción en los labios.

—Solo puedo quedarme unos días. Tenemos que empezar con la promoción de la película —se disculpa.

—Ya nos preocuparemos cuando se acaben estos días —susurro junto a su oído antes de besarla tras el lóbulo de la oreja—. Ahora disfrutemos del momento, has cruzado el océano para venir a verme.

—Cruzaría un millón de océanos para verte, Istar. Estas semanas sin ti han sido una agonía. No podía soportarlo más.

Tras decir esas palabras, lágrimas de alegría ruedan por sus mejillas y debo acunar su rostro entre las manos para asegurarme de que es real.

—Ha costado un poco de trabajo venir hasta aquí y organizarlo todo, pero observar esa preciosa sonrisa hace que todo valga la pena —confiesa antes de besar mis labios.

—Ejem, yo me voy a ir ya. Os dejo a solas. En la jaima encontraréis todo lo necesario para preparar Kofta para la cena, pensé que a Victoria le gustaría —interrumpe mi hermano, algo cohibido tras nuestro beso.

Al entrar en la jaima, me quedo sorprendida. Omar se ha esmerado en conseguir que nuestra estancia sea realmente acogedora.

Reclinadas sobre unos enormes cojines, mientras brindamos por nuestro encuentro con té y dátiles con miel,

Victoria me relata los preparativos para sorprenderme. Me cuenta cómo mi hermano montó la jaima junto a varios familiares y lo difícil que fue conseguir un dromedario que yo no hubiese visto nunca por esta zona.

—Estaba realmente enfadada cuando Omar me retó a una carrera —reconozco, entornando los ojos—. No me puedo creer que os tomaseis tantas molestias por mí. Sois increíbles.

—No debería decirte nada, pero mañana cenamos en casa de tu abuela con un montón de miembros de tu familia. Estoy un poco nerviosa —reconoce.

—¿Lo sabía todo el mundo menos yo?

—Bueno, lo sabía mucha gente. Veo que sois muy buenos guardando secretos, en Hollywood ya se habría publicado en algún blog o en TikTok —bromea—. Pero, por favor, júrame que te harás la sorprendida, no quiero decepcionar a tu abuela.

—No me lo puedo creer —admito, llevándome una mano a la frente y meneando la cabeza.

Tras bañarnos desnudas en el agua cristalina, el crepúsculo comienza a teñir de rojo el desierto mientras enciendo el fuego y preparo unas brasas para cocinar.

—Esta noche voy a hacer uno de mis platos favoritos —anuncio en tono misterioso cuando Victoria se acomoda sobre unos almohadones cerca de la hoguera.

—¿No me vas a dar más pistas? —pregunta divertida antes de besarme, dejando escapar una sonrisa contra mis labios.

—Eres una impaciente —me quejo mientras pincho los trozos de carne de cordero, previamente sazonados, y los voy colocando sobre las brasas—. Se llama Kofta. Te gustará.

—Huele increíble.

—Sabe aún mejor —le aseguro—. El secreto está en preparar bien el marinado que se llama *Ras el hanout* y es una mezcla de más de cincuenta especias. Más tarde, se cocina la carne lentamente, para que quede crujiente por fuera y jugosa por dentro —explico al tiempo que la grasa que gotea de los trozos de cordero hace crepitar las brasas.

—¿Te apetece un aperitivo mientras tanto? —susurra, tirando de mi mano para que me tumbe junto a ella sobre los almohadones.

—No he visto que Omar haya traído nada más.

—Eres idiota, Istar. Yo no puedo esperar hasta después de la cena, te he echado demasiado de menos. Lo de antes estuvo bien, pero necesito más —suspira mordiéndose el labio inferior.

—Tenemos como máximo veinticinco minutos, quizá algo menos —le advierto, encogiéndome de hombros.

—Suficiente para algo rápido —bromea con un guiño de ojo.

El resplandor de las llamas ilumina su rostro mientras nos besamos y, de nuevo, el deseo reprimido durante su ausencia se desata.

Victoria se desnuda poco a poco y escucho pequeños gemidos mientras deslizo la punta de mis dedos por la curva de sus caderas. Trata de quitarme la ropa y sus pezones se endurecen contra los míos, pegándose a mí con un grito ahogado.

—Las camisetas son más rápidas para este tipo de situaciones —protesta.

—Cállate —susurro, cogiendo su mano derecha y colocándola entre mis piernas.

Gime, acariciando mi sexo con el dedo pulgar, mientras yo juego con sus pezones, lamiendo alrededor de su areola o mordiéndolos entre los labios.

Al sentirla en mi interior, enraízo las manos en su melena, balanceándome sobre sus dedos y nuestros gemidos se confunden en la noche.

La tensión crece en la parte baja de mi vientre. Me hace el amor con urgencia, como si el mundo se fuese a acabar y debiese tener un orgasmo de inmediato. Grito su nombre cuando curva los dedos y presiona sobre la zona que sabe que me vuelve loca.

—O te corres ya o comemos carne quemada —anuncia entre jadeos.

—Eres horrible, de verdad —protesto, negando con la cabeza mientras me apresuro a sacar del fuego el Kofta, parte de la carne ya chamuscada.

—No te enfades, tonta. Te lo compensaré más tarde. Te lo prometo —asegura besando mi mejilla.

El cielo se llena de estrellas cuando empezamos a cenar. El cordero se deshace en la boca, sus matices ahumados y las especias son un festín para los sentidos, al menos los trozos que no se han quemado. Aunque quizá, las caricias de Victoria y las palabras de amor susurradas al oído tengan mucho que ver a la hora de mejorar la experiencia.

—No quiero que esto se acabe nunca —suspira, apoyando la cabeza sobre mi hombro.

—Supongo que no tiene por qué terminar.

—¿Qué quieres decir?

—Te contaré una leyenda muy antigua, su origen se pierde en el tiempo —le explico.

—Sabes que me encantan tus historias, pero me gustaría tener otro tipo de conversación en estos momentos.

—Esta tiene un significado especial. Es sobre la hija pequeña de un sultán. Se llamaba Amina. Era la menor de ocho hermanas. Bella e inteligente. Dulce y amable. Tenía el corazón más puro de las tierras que bañaba el sol. Una mañana, mientras paseaba por los jardines del palacio, soñando con encontrar el amor, escuchó un llanto que venía del otro lado del muro. Apoyándose en unas enredaderas, lo escaló y al otro lado se encontró con un chico de más o menos su edad.

—¿Es una historia triste?

—¿Por qué siempre me interrumpes? Ya lo verás.

—Perdón —se disculpa, levantando las manos.

—Amina le preguntó por qué lloraba y el muchacho le explicó que se había escapado del mercado antes de que le vendiesen, aunque ahora moriría de sed y de hambre. Cuando los guardias llegaron hasta ellos, ella les detuvo y llevó al chico al palacio. Inicialmente, su padre, el sultán, se enfadó. Aun así, tras los ruegos de su hija, accedió a ayudarle a cambio de que trabajase. El chico, que se llamaba Mahmud, le aseguró que sabía cuidar de las plantas, así que el sultán le encargó trabajar en el jardín con la prohibición de no hablar, ni siquiera mirar a Amina.

—Pero eso no puede ser. ¿Cómo que no puede ni mirarla? —interrumpe Victoria.

—No es una película de Hollywood —le recuerdo—. Esta historia puede tener más de mil años.

—Al menos dime que realmente sabía cuidar de las plantas.

—Sí, Mahmud las mimaba con asombrosa dedicación y pronto fue la única persona que podía encargarse de las plantas más preciadas del sultán. Pero, a pesar de la prohibición, no pudo evitar enamorarse de la mujer que un día le salvó la vida en el desierto y cada mañana le dejaba un ramo de flores recién cortadas en la zona en la que solía sentarse. Un día, Mahmud enfermó y las flores empezaron a marchitarse. Dos guardias le sacaron de su lecho y, tras mil latigazos, le abandonaron a morir en la fría noche del desierto. Amina, hundida por el dolor, tomó bayas de belladona y murió. Cuenta la leyenda que entregó su alma a los *Djinns* el día que la separaron de su amor.

—Puf, es muy bonita. Pero muy triste.

—Yo también prefiero entregar mi alma a los *Djinns* antes que separarme de ti —confieso mientras rompo a llorar.

—No digas eso.

—Volveré contigo a Los Ángeles. Sé que es el único modo de seguir a tu lado.

—No puedo pedirte que renuncies a tu familia, a tus tradiciones, al desierto.

—Lo hago porque mi corazón me lo pide. De otro modo nunca podré ser feliz —admito—. Pero tengo una condición.

—Por favor, no me pidas que llevemos a Jadir con nosotras.

—No, boba. Debo volver cada cierto tiempo. No puedo vivir separada de las arenas que me vieron crecer —suspiro, secándome las lágrimas con la palma de la mano.

—Volveremos siempre que tú quieras —asegura Victoria besándome la frente.

Esa noche, en la jaima, hacemos el amor bajo las mantas. Y, mientras me voy quedando dormida, con su cálida piel sobre la mía, su cabeza recostada en mi pecho, sé que he tomado la decisión correcta.

Capítulo 17

Victoria

El sol resplandece ya sobre las ondulantes dunas de camino a la aldea. Jadir avanza incansable mientras me acomodo contra el cuerpo de Istar, rebosante de felicidad.

—No me puedo creer que vuelvas conmigo a Los Ángeles —admito, cogiendo su mano entre las mías.

—Alguien tiene que protegerte. Seguramente te pierdes por allí también —bromea antes de morder cariñosamente mi oreja.

—Aquella noche, en el desierto, no estaba perdida, solo estaba…momentáneamente desorientada. En serio, nunca podré agradecerte lo suficiente el haberme salvado la vida aquel día, pero que no se te suba a la cabeza —agrego, dejándome caer sobre su cuerpo y emitiendo un pequeño suspiro.

—¿Y eso?

—Estoy muy cómoda.

—No sé si es comodidad. ¿El paso de Jadir te hace cosquillas entre las piernas, *habibti*? —bromea cubriendo de pequeños besos mi cuello.

—A no ser que quieras dar la vuelta y regresar a la jaima del oasis, más vale que dejes de hacer esas cosas —advierto, pegándole un cariñoso golpe en la pierna.

En el instante en que divisamos la aldea donde vive su familia, se me forma un nudo en el estómago. No sé muy bien qué esperar, sobre todo cuando Istar les anuncie que abandona el desierto para venirse conmigo.

Guía a Jadir por un sinuoso camino entre las casas de adobe, intercambiando saludos en su idioma con varias personas que salen curiosas de sus casas para observarnos.

Al bajar del dromedario, un grupo de niños se acerca a nosotras riendo. Distingo entre ellos a Yasim, uno de los primos de Istar que conocí la otra vez que estuve en la aldea. Tira de mi mano y me dice algo en árabe.

—Quiere enseñarte sus cabras —anuncia Istar, señalando con la barbilla un pequeño rebaño que corretea frente a nosotras.

Me detengo para acariciar a los curiosos animales, que se acercan trotando y balan como si quisieran agradecer el contacto.

—Tienes un talento natural para cuidar cabras —bromea Istar.

Pongo los ojos en blanco y meneo la cabeza divertida, pero antes de que pueda decirle algo, me indica que debemos seguir, así que me despido de Yasim para dirigirme a la casa de su abuela, que espera a la puerta con una enorme sonrisa en los labios.

Me quedo tímidamente atrás mientras se saludan, pero Amina se vuelve hacia mí y coge mis manos entre las suyas al tiempo que me dice algo que no entiendo.

Dentro de la casa de adobe y piedra, nos reciben con un té delicioso que degusto mientras observo curiosa cómo Istar interactúa con su abuela y dos de sus primas.

Poco más tarde, me hacen unas señas, como indicando que las acompañe, y me llevan a una pequeña habitación. Amina saca varias prendas de ropa y me las enseña.

—A mi abuela le gustaría que vistieses como una auténtica Bedawi —indica una de las primas de Istar en un inglés entrecortado.

Me encojo de hombros y las tres ríen mientras me ayudan a ponerme unos pantalones amplios de algodón fino y una camisa, suelta en la cintura y ajustada en las mangas, con unos preciosos bordados en los puños y el cuello.

—Ahora tan solo falta que te pongas el *bisht* —anuncia, entregándome una túnica similar a la que lleva Istar.

—¿Debo llevar también el pañuelo? —pregunto, temiendo que sea algo incómodo.

La prima de Istar asiente con la cabeza, trata de contarme que el *kifiya* es parte fundamental de la vestimenta, aunque creo que me he perdido media explicación de lo que ha dicho.

A continuación, me sientan sobre un enorme cojín y, entre las tres, dibujan unos intrincados diseños con henna en mis manos y pies que me dejan hipnotizada.

—La abuela dice que eres una mujer muy hermosa —expone la chica, escondiendo la mirada con timidez mientras las tres ríen.

—¿Me puedes sacar una foto? —pregunto, entregándole mi teléfono móvil.

La muchacha me mira con sorpresa, luego dirige la mirada a su abuela, que dice algo que no entiendo, y pronto nos estamos sacando fotos las cuatro como si fuésemos viejas amigas.

—¡Guau! Estás preciosa —susurra Istar al verme, aunque mantiene una distancia prudencial.

—Parezco una auténtica beduina, ¿eh? —bromeo.

Como si pudiese entenderme, Amina coge mis manos y las aprieta de nuevo, murmurando algo en dirección a Istar.

—Dice mi abuela que ya eres una auténtica Bedawi y parte de nuestra familia —traduce Istar, intentando retener las lágrimas que asoman de sus hermosos ojos.

Pronto, la estancia principal de la casa comienza a llenarse de gente que me saluda con curiosidad. Istar los va presentando, pero ni siquiera soy capaz de recordar los nombres.

Me siento a su lado, con Omar y alguien que dice ser su primo Rasheed, y que chapurrea mi idioma, frente a nosotras.

—Bonito dromedario, el más rápido del valle del Nilo según me han dicho, ¿eh, Rasheed? —bromea Istar.

—Tendrías que haberla visto antes de empezar la carrera —me dice Omar—. Estaba pálida, convencida de que Jadir perdería —agrega, pegando un codazo a su primo que suelta una carcajada.

—Sois idiotas —responde Istar, poniendo los ojos en blanco.

Pronto, la mesa se llena de deliciosos manjares: maqluba, kofta, arroz al azafrán con almendras y pasas. Es un festín de aromas exóticos que saturan todos los sentidos.

La abuela insiste en que pruebe un poco de todo, enumerando orgullosa los ingredientes y el método de preparación mientras Istar traduce con paciencia. Cada comentario transforma la comida en un aprendizaje cultural.

El resto de los parientes me observa con educada curiosidad, sin preguntas, deseando que me sienta a gusto entre ellos. Tan solo los bulliciosos Rasheed y Omar nos deleitan con divertidas historias de cuando eran niños o adolescentes, alguna de las cuales les vale una reprimenda de los mayores.

Tras el postre, observo que Amina aprieta una y otra vez las manos de Istar y comienza a llorar.

—Le ha dicho que se marcha contigo a Estados Unidos —anuncia Omar, su rostro muy serio por primera vez.

Trago saliva preocupada. Se me forma un nudo en el estómago, observando cómo la abuela se limpia las lágrimas y pronto otras mujeres se unen también a ellas llorando. Me siento fatal por haber aceptado, por separar a Istar de su familia. Y, cuando se dirige hacia mí con pasos lentos, quiero desaparecer.

Amina trata de sonreír y masculla algo con la voz entrecortada.

—Dice que aunque nuestro camino nos aleje, nuestro espíritu siempre morará en las arenas del desierto, que es nuestro hogar. Y que eso te incluye a ti también —agrega Istar, secándose las lágrimas que ruedan por sus mejillas.

A continuación, uno a uno, los miembros de su familia se acercan a mí para expresar sus mejores deseos en nuestro largo viaje. Su tía coloca un amuleto sobre la palma de mi mano que afirma que me protegerá y me traerá suerte. Rasheed por su parte, bromea con enviar sacos de especias para que Istar no muera de hambre con la comida americana.

Tras una larga despedida repleta de lágrimas y buenos deseos, montamos de nuevo sobre Jadir para dirigirnos a nuestra jaima en el oasis y poder estar a solas. El camino de vuelta es muy diferente, lo hacemos en silencio y me invade un sentimiento agridulce que no sé muy bien cómo manejar.

—Esta tarde has sido una más de los nuestros —afirma Istar, acariciando lentamente mi mandíbula con la punta de los dedos.

—¿Eso crees?

—Les has encantado.

—¿No me odian? —pregunto con miedo.

—¿Por qué habrían de hacerlo?

—Te estoy separando de ellos —explico encogiéndome de hombros, casi avergonzada.

—Están tristes porque abandono el desierto, al igual que yo. En cambio, también saben que allí podré ser feliz. Seré yo misma, y por eso se alegran —explica, acariciando mis labios con su pulgar.

Levanta mi barbilla con los dedos y nos perdemos en un beso maravilloso. Un beso que lo dice todo, es el anhelo de una nueva vida. Es como si Istar quisiese verter en ese suave beso todo su amor, como si me quisiese asegurar que siempre caminará a mi lado, que nuestros corazones están unidos sin importar la distancia ni el tiempo.

Cuando nos separamos, sus ojos brillan repletos de lágrimas.

—Eres lo que siempre quise encontrar —confieso, rozando su labio inferior con el pulgar.

Y en ese momento, tras escuchar mis palabras, Istar me dedica una sonrisa que podría iluminar el desierto entero en una noche sin luna.

Epílogo

Victoria

Me acurruco en el asiento de cuero y el suave rugir de los motores se asemeja al canto de una nana. Istar duerme profundamente a mi lado, apoyada en mi hombro. Una leve sonrisa dibujada en sus labios.

Beso su frente y se me escapa un suspiro de felicidad. Son ya casi cinco años juntas y nuestras vidas se han convertido en un maravilloso mosaico de dos culturas diferentes.

Sin querer, mi mente regresa al día en que la conocí. A aquellos profundos ojos negros que me atraparon a través de la sala. Esa mañana me pareció hermosa, vestida a la manera tradicional Bedawi, con sus intricados dibujos de henna en las manos.

Pronto, su personalidad me cautivó mucho más que su innegable belleza. Aquella beduina había robado mi corazón para siempre y yo ni siquiera era consciente de ello.

Abre los ojos, quizá alertada por un nuevo suspiro que se escapa de mi boca.

—Hola, *habitbi*, ¿qué hora es? —pregunta perezosa.

—Pronto aterrizaremos —anuncio, retirando un mechón de pelo que le tapa los ojos y colocándolo detrás de su oreja.

Desvía la mirada y sonríe. Amir duerme a su lado, reposando la cabeza en su regazo como si fuese una almohada. Su pelo oscuro despeinado, casi como una versión en miniatura de su madre.

—Yo diría que se ha ganado las alas de piloto. Ha aguantado el vuelo como un campeón —admito, mirando por la ventana al tiempo que empezamos a descender.

A sus cuatro años, temíamos que el viaje se le hiciese muy pesado, incluso en avión privado. En cambio, disfrutó hablando con el piloto, aprendiendo con una curiosidad ilimitada, seguramente, también heredada de Istar al igual que sus facciones.

—¿Estás nerviosa por volver a casa? —pregunto, inclinándome para besarla, con cuidado de no despertar al niño.

Asiente lentamente con la cabeza y una preciosa sonrisa se dibuja de nuevo en su rostro. Esa sonrisa que me enamora día a día cada vez que la veo.

Amir se despierta con un bostezo cuando la azafata nos pide que abrochemos los cinturones de seguridad. Tuerce el gesto, contrariado por haberle sacado del sueño. Eso lo ha heredado de mí, los dos odiamos que nos despierten de una buena siesta, pero pronto se queda pegado a la ventanilla, sorprendido de lo distinto que es todo.

—¿Listo para el desierto? —pregunta Istar, acariciándole la mejilla con el reverso de la mano.

—¡Lo cruzaré en camello! —exclama orgulloso.

Istar le abraza y le dice algunas palabras en árabe que el niño absorbe con entusiasmo.

—¿Cuándo llegamos? —pregunta impaciente, tirando insistentemente de mi manga.

—Paciencia, pequeño explorador —susurro, cogiéndole en cuello mientras Istar acaricia la parte baja de mi espalda.

Desde el Jeep que nos llevará hasta el poblado de la familia de Istar, nuestro hijo observa por la ventanilla. La ciudad da paso a algunas tierras de cultivo para, más tarde, mostrar las interminables vistas del desierto del Sinaí.

Mientras Istar conduce, me seco una lágrima de nostalgia y apoyo la mano en su muslo. Este adusto paisaje está entretejido en cada una de las fibras de nuestra historia en común. Por algún motivo, vislumbrar de nuevo las ondulantes dunas consigue hacerme feliz.

Cuando divisamos a lo lejos las rocas en las que casi pierdo la vida, mi corazón se encoge.

—¿Ves aquellas rocas, Amir? —pregunta Istar, señalando con el dedo mientras conduce.

—Por favor, no le cuentes lo que ocurrió, que puedes traumatizarle para el resto de su vida —le ruego entre susurros.

—Los Bedawi la llaman "La garra". Allí habitaba un feroz guerrero llamado Tariq. Era muy fuerte y aterrorizaba a las caravanas que atravesaban el desierto con sus camellos, exigiéndoles el pago de un tributo para continuar. Un día, durante una terrible tormenta, Tariq se topó con una joven pastora que se llamaba Halima y esta le suplicó ayuda para encontrar su rebaño de cabras, pues se habían extraviado.

—¿Y las encontró? —interrumpe el pequeño, sus ojos muy abiertos como cada vez que su madre le cuenta una de sus historias.

—Lo siento, supongo que lo de interrumpir lo ha heredado de mí —me disculpo. No consigo reprimir una pequeña carcajada mientras Istar pone los ojos en blanco antes de continuar.

—Tariq se burló de la pastora, diciendo que se comería a las cabras si las encontraba. Lo que el guerrero no sabía es que esa pastora era en realidad la hechicera Zuleika. Furiosa por su respuesta, le maldijo, diciendo que merecía convertirse en fría roca. Tariq lloró y suplicó al ver que su cuerpo empezaba a petrificarse hasta adoptar la forma de una enorme mano que sobresale entre las dunas. Desde entonces, los Bedawi cuentan que el alma de Tariq, ahora arrepentido, sigue atrapada en esas rocas, protegiendo a cualquiera que se pierda en ellas —concluye Istar, desviando la mirada hacia mí con un guiño de ojo.

—Doy fe de eso —susurro.

Pronto, nos encontramos recorriendo las polvorientas calles, saludando a las personas que se han convertido en mi familia a lo largo de estos últimos años.

—¿Listo para conocer a tu bisabuela? —le pregunto, poniéndome en cuclillas junto a él y tratando de peinar sus desordenados cabellos.

Asiente con una sonrisa tímida y le aprieto la mano antes de cruzar el umbral de la puerta y adentrarnos en el alegre caos.

La abuela ignora a Istar y enjuga lágrimas de alegría mientras estrecha entre sus brazos a Amir, repitiendo una letanía de cariñosas palabras en árabe a las que el niño asiente sin hablar.

—Es igualito que su madre a su edad. Prepárate para todos los problemas que os va a dar. Será un trasto como Istar —bromea Omar, acercándose a mí para saludarme junto a su inseparable primo Rasheed.

—Tú ni siquiera habías nacido cuando yo tenía su edad —protesta Istar. A continuación, le dice una palabra en árabe que no entiendo, pero que se gana una bronca de su abuela.

Ya sentados en la mesa, el pequeño asegura que la maqluba que ha preparado Amina está mucho mejor que la que come en casa. Y la enorme sonrisa de satisfacción en su bisabuela no tiene precio, está encantada de que el niño sea capaz de mantener una conversación en su idioma.

Pronto, Omar y Rasheed retoman su vieja costumbre de tomarle cariñosamente el pelo a Istar. Puede que mi cuñado se haya convertido en padre hace poco más de un año, pero sigue siendo un niño grande con una sonrisa encantadora.

—Es bueno ver que algunas cosas nunca cambian —bromeo, provocando un bufido de Istar.

Tras la comida, Amir corretea con sus primos como un muchacho más de la aldea, aunque lo que más le llama la atención son las cabras y, sobre todo, Jadir. Pese a su temperamento, el dromedario aguanta paciente mientras el niño le tira de las orejas o se abraza a su cuello como si fuese un enorme animal de peluche.

—Ya se encuentra como en su casa —exclamo al ver la felicidad del pequeño.

—Es su casa, el desierto reconoce a los suyos —suspira Istar, intentando borrar las lágrimas traicioneras que brotan de sus ojos.

Entrada la noche, salimos a tomar el aire. Sobre nosotras, el cielo brilla con un resplandor que no se puede apreciar en Los Ángeles. Señalo las constelaciones a un soñoliento Amir, que está agotado de pasar todo el día jugando. A nuestro lado, Istar charla en voz baja con su abuela, el susurro de la conversación mezclándose con el canto de los insectos.

—¿Recuerdas la noche en que me contaste la historia de Amina y Mahmud? —pregunto una vez que Istar regresa a mi lado.

—Me obligaste a contarla tres veces seguidas —resopla, colocando una gruesa manta sobre nuestros hombros.

—Deberíamos contarle a Amir lo que ocurrió esa noche en el oasis. Cómo con esa leyenda me explicaste que querías vivir a mi lado. Bueno, evitaríamos los detalles escabrosos que vinieron a continuación —bromeo mientras peino entre mis dedos el pelo del niño, que duerme plácidamente en mi regazo.

—Sí, esa parte mejor nos la saltamos —admite Istar.

—¿Sabes? Antes, mientras le observaba jugar con sus primos, se me ocurrió que... —hago una pausa y suspiro, tratando de ordenar las palabras—. Cuando sea un poco mayor podríamos dejar que venga aquí por el verano. Creo que sería bueno para él pasar un tiempo cada año con su familia Bedawi; inmerso en vuestras tradiciones y aprendiendo bien la lengua.

—¿Estarías dispuesta a separarte de él unos meses? —pregunta, buscándome con la mirada y alzando las cejas sorprendida.

—Yo no he dicho nada de separarnos de él —puntualizo—. Cuando tomaste la decisión de venir conmigo a los Estados Unidos te prometí que pasaríamos temporadas en el desierto. Luego vino Amir y lo fuimos posponiendo. En los últimos cinco años apenas has venido unos días a tu tierra. Me gustaría educar a nuestro hijo en lo mejor de las dos culturas. ¿Qué te parece?

Istar no responde, desliza su mano entre las mías y deja escapar un suspiro de satisfacción que dice más que un millón de palabras.

—Mira, una estrella fugaz —anuncia, señalando con el dedo—. Como en el primer día que nos conocimos. Pide un deseo —agrega con un guiño de ojo.

—No necesito deseos. Tengo todo con lo que podría soñar aquí mismo, entre mis brazos —respondo, acariciando el pelo de nuestro hijo mientras rodeo la cintura de Istar.

A medida que la estrella fugaz se desvanece en la inmensidad de la noche, les estrecho contra mi cuerpo. Esto es lo que siempre he querido.

Sentada junto a mi mujer y mi hijo, en este adusto desierto que he aprendido a llamar hogar, las palabras de Istar regresan a mi mente y adquieren un significado inmenso.

"Preferiría entregar mi alma a los *Djinns* antes que separarme de ti".

Otros libros de la autora

Tienes los enlaces a todos mis libros actualizados en mi página de Amazon.

Si te ha gustado este libro, seguramente te gustarán también los siguientes: (Y por favor, no te olvides de dejar una reseña en Amazon o en Goodreads. No te lleva tiempo y ayuda a que otras personas puedan encontrar mis libros).

Trilogía Hospital Watson Memorial

Pueden leerse de manera independiente. Comparten algunos de los protagonistas y el hospital con el libro que acabas de leer.

"Doctora Stone"

"Doctora Torres"

"Doctora Harris"

***

"Las cartas perdidas de Sara Nelson"

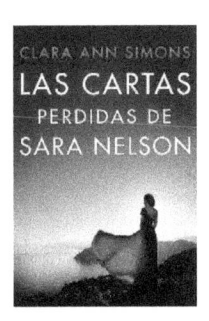

"Destinos cruzados"

"Tie Break"

"El café de las segundas oportunidades"